大方
sight

运送 孩子的 火车

IL TRENO DEI BAMBINI

VIOLA

[意] 薇奥拉·阿尔多内 —— 著 | 陈英 尹正中 —— 译

ARDONE

中信出版集团 | 北京

图书在版编目（CIP）数据

运送孩子的火车 /（意）薇奥拉·阿尔多内著；陈
英，尹正中译 . -- 北京：中信出版社，2021.4
ISBN 978-7-5217-2875-0

Ⅰ. ①运… Ⅱ. ①薇…②陈…③尹… Ⅲ. ①儿童小
说 – 长篇小说 – 意大利 – 现代 Ⅳ. ① I546.84

中国版本图书馆 CIP 数据核字（2021）第 037453 号

运送孩子的火车

著　者：［意］薇奥拉·阿尔多内
译　者：陈英 尹正中
出版发行：中信出版集团股份有限公司
　　　　　（北京市朝阳区惠新东街甲4号富盛大厦2座　邮编　100029）
承　印　者：浙江新华数码印务有限公司

开　本：880mm×1230mm　1/32　　印　张：7.75　　字　数：154千字
版　次：2021年4月第1版　　　　　印　次：2021年4月第1次印刷
京权图字：01-2021-0446
书　号：ISBN 978-7-5217-2875-0
定　价：49.00元

目 录

第一章

1946 年

1

妈妈走在前面,我紧紧跟在后面,她带我拐进了西班牙区的巷子。她走得很快,每走一步我都要用两步才能赶上。我打量着每个人的鞋子,心里在打分:如果没有破洞,就得一分;如果有破洞,就扣一分;要是没穿鞋子,就给零分;要是穿了新鞋子,就打一颗星。我从来都没有过自己的鞋子,脚上穿的全是别人剩下的,总是不合脚。妈妈说我走路歪歪扭扭,这又不是我的错!我脚上穿的鞋子都是别人穿过的,都被别人的脚拓出了形状,别人的习惯、走过的路、玩过的游戏也都和我不一样。鞋子到我脚上,它们根本就不知道我怎么走路,也不知道我想去哪儿,它们得慢慢适应。可我的脚丫长得很快,鞋子没多久就会变小,一切就要从头来过,我得重新再去捡一双鞋子。

妈妈走在前面,我紧紧跟在后面,不知道她要带我去哪里。妈妈说这是为了我好,但这一定不是什么好事儿。有一次我头上长了虱子,她说是为了我好,给我剃了个大光头。不过,幸亏我的朋友托马西诺也是同样的遭遇,他也被剃成了"光葫芦"，这都是为了他好。结果胡同里的人都笑话我俩，说我们的脑瓜像"丰塔内拉"公墓走出来的骷髅头。其实，刚开始托马西诺不是我的朋友。有一回，我在集市广场上，看见他从水果贩的小推车上偷了一个苹果。我觉得我们不可能成为朋友，因为妈妈说，我们确实很穷，但我们不是小偷，否则真是没骨气。托马西诺看见我以后，也给我偷了一个，顿时我两眼放光，因为我肚子太饿了，况且这苹果又不是我偷的，是托马西诺送我的，我接过苹果，吃了个精光。从此我们就成了朋友——苹果朋友。

妈妈走在路中间，也不低头看看路。我盯着别人的鞋子，一边走一边打分，好把担忧抛在脑后。我掰着手指从一数到了十，然后从头开始。我心里想：如果我能数到十个十，那准会有好事发生。可能我数学不太好，也许出于这个原因，到现在好事还没发生到我身上。我很喜欢数字，但不喜欢字母：那些字母只有单独出现时，我才认识；它们混在一起，拼成不同的单词以后，我就糊涂了。妈妈说，我长大了绝不能像她一样，于是她就把我送去上学了。可在学校里，我感觉很难受，我不爱上学，小小的教室总有一股脚丫子味，同学又常常大喊大叫，弄得我每次回家时脑瓜都疼。不只如此，我还要坐在桌子前安安静静地待一整天，一笔一画写那些字母。我们老师的下巴好长，她说话时嘴里总像含了一颗糖。只要我们笑她，她准照我们的后脑勺啪地打一巴掌。在五天时间里，我就被拍了十下。我掰着手指头数数，就像给鞋子打分，数到了十，但什么好事也没发生，我再也不想去学校了。

妈妈不乐意了，说我好歹得干点儿活，于是她打发我去捡破烂。刚开始我还挺高兴的，因为整天都可以在外面晃悠。我挨家挨户讨些破布破衣服，或在垃圾堆里翻一翻，把拾掇来的东西带到市场上，交给一个叫"大铁头"的男人。但没几天我就累坏了，开始想念拍我后脑勺的长下巴老师了。

妈妈站在一栋灰红相间的楼房前，这栋房子窗户很大，她说："就是这儿。"我以为是所新学校，比之前那所漂亮多了，楼里安安静静的，也没脚臭味儿。我们爬上三楼，坐在走廊里的木长椅上等着。一直等到房间里的人喊了一声"下一个"。我们看周围没人站起来，妈妈才明白是在喊我们，于是我们走了进去。

妈妈叫安东妮耶塔·斯佩兰萨，房间里有个女士在等我们。她拿着一张纸，在上面圈出一个名字说："就剩一家了。"我一听，心想这下好了，现在妈妈要转身带我回家了，然而妈妈并没带我走。

"老师，您也打人后脑勺吗？"为了安全起见，我一边问她，一边抬起两条胳膊，赶忙护住了脑瓜。她笑了，把手伸过来，用大拇指和食指捏了捏我的脸蛋，但没有很用力。她说："你们坐吧。"于是我们坐在了她对面的两张椅子上。

这个年轻女士跟我们老师的确不太一样，她下巴不长，脸上挂着甜甜的微笑，牙齿又白又整齐。她剪了短发，像男人一样穿着长裤。我们一言不发地坐在那儿。她说，她叫玛达莱娜·克里斯库洛，说我妈妈也许还记得她，她为了我们的自由，与纳粹作过斗争。妈妈点点头，但很明显她之前绝没听过"玛达莱娜·克里斯库洛"这个名字。那个女士又说，那时德国人想把萨尼塔区的桥炸掉，是她保住了那座桥，为此政府还给她颁发了一本证书和一枚铜制奖章。但我觉得，给她发一双新鞋也许会更好些，因为她现在穿的鞋子只有一只是好的，另一只却有破洞（零分）。她接着说，我们来找她是对的，很多人都不好意思。她和其他同志不得不挨家挨户敲门，去说服那些小孩的妈妈，告诉她们，这对她们和孩子都是件好事。她还说，她吃了许多闭门羹，也听到了许多难听话。这一点儿我倒是相信，因为我有时候上门去讨些破布，那些人也会朝我说许多难听话。不过她最后说，也有许多好人相信他们，比如我妈妈安东妮耶塔就是个有魄力的女人，正在为儿子送上一份礼物。其实，除了一个装着我所有宝贝的老缝纫盒，我从来没有收到过任何礼物。

妈妈不善言谈，她等着玛达莱娜把话讲完。玛达莱娜说，得给孩子一个机会。但我觉得，她要是给我面包、水果糖和鲜奶酪，我会更开心一点儿。有一次，我和托马西诺（穿的旧鞋子：扣一分）溜进了美国人举办的节日宴会，吃到过鲜奶酪。

妈妈还是不讲话。玛达莱娜说，他们专门安排了几趟火车，好把这些孩子送到北方去。这时我妈妈开口了："您确定吗？您瞧瞧这孩子，他太调皮，太费事儿了，简直就是上帝对我的惩罚！"玛达莱娜说，坐火车的不止我一个，会有好多小朋友跟我一起。"原来这儿不是学校啊！"我恍然大悟，噗嗤一声笑了出来。但妈妈没笑，她只是说："要是我还有别的法子，我就不会来这儿了，他是我唯一的孩子，您看着办吧。"

我们离开时，妈妈依旧走在前面，但步子比之前要慢了许多。我们路过一个卖披萨的小摊，每次经过这里，我都会拽着妈妈的衣服，吵着要吃，哭个不停，直到她扇我一巴掌。她停下了脚步，对摊位上的小伙子说："来一块儿蔬菜鲜奶酪的，只要一块。"

可我这次什么也没要，我想：这大早上的，妈妈主动给我买油煎披萨饼，准有什么事要发生了。

那个小伙子包起一块儿比我脸蛋还大的披萨，金灿灿的，像太阳一样。我两只手都伸了出去，生怕它掉地上。披萨饼热乎乎的，我埋头深深吸了一口气，香喷喷的热气一下钻进了我的鼻子和嘴巴。妈妈弯下腰，盯着我说："你也听见了，现在你长大了，马上就要八岁了，我们的状况你也很清楚。"

妈妈用手背帮我把脸上的油擦掉了，她说："让我也尝尝吧。"她轻轻掰了一小块儿。她直起身来，带着我朝家走去。我什么也没问，只是跟着她走。妈妈走在前面，我紧紧跟在后面。

2

　　玛达莱娜说的事儿没人再提了。我以为妈妈已经忘了，或者改了主意。但没过几天，一个修女到我家来了，是杰纳罗神父让她来的。妈妈往窗外望了一眼，嘀咕说："这个'布头'[1]跑来做什么？"

　　修女又敲了敲，妈妈只好放下手中的针线活，起身去给她开门。妈妈刚把门拉开一条缝，修女就把头探了进来，露出一张蜡黄色的脸，问她能不能进来。妈妈点点头，但显然，妈妈一点儿也不想让她进来。修女说，上帝的光辉照耀众生万物，妈妈是个虔诚的基督徒，应该知道所有小朋友都是上帝的孩子，不只是属于父母亲。她还说，那些女共产党要把我们送到苏联去，砍掉手脚，让我们再也回不来了。妈妈没接茬，她很擅长保持沉默。到最后，修女也觉得没趣，怏怏不乐地走了。我问妈妈："你真的要把我送到苏联去呀？"她又拿起针线，自言自语地说："什么苏不苏联的……

1　那不勒斯方言，Capa e' pezza，指代那些用布包着头的修女。

我不认识法西斯，也不认识什么共产党，连主教和神甫都不认识。"妈妈嘟哝着。她很少跟别人讲话，但总爱自言自语。她又说："到现在为止，我只认识饥饿和辛劳……那些'布头'可真得好好想想，家里没有男人，我还要养活儿子……她们又没有孩子，说话倒是轻巧。当时我的小路易吉病倒了，她们又在哪儿呢？"

路易吉是我哥哥，要是他没出什么岔子，小时候没得哮喘，活到现在的话，应该比我大三岁。我出生时是妈妈唯一的孩子，但妈妈几乎从不提他，只是在床头柜上摆了一张照片，还用小台灯挡住了。这些事都是老桑德拉跟我讲的，她人很好，就住在我家对门。哥哥死了以后，妈妈非常难过，大家都以为她要活不下去了。后来我出生了，她又快乐起来了。但我不像哥哥那样让她满意，否则的话，她怎么会把我送到苏联去呢？

老桑德拉什么都知道，就算不知道的，她也总能打听到。我从家里出来去找她。她说，实际上我们并不会被送到苏联。她认识玛达莱娜·克里斯库洛，他们其实想要帮助我们，给我们带来希望。可我要"希望"做什么呢？我跟着妈妈姓斯佩兰萨，我已经有"希望"[1]了。我叫亚美利哥，这是父亲给我起的。但我没见过我父亲，每当我问起他的事儿，妈妈就抬头望着天，好像天要下雨似的。她说我父亲是个了不起的男人，他去美国闯荡了。我问妈妈："那他会回来

1　姓氏斯佩兰萨在意大利语中是"希望"的意思。

吗?"妈妈回答说:"他早晚会回来的。"所以,除了这个名字,他什么也没留给我,但这也不赖。

火车的事情传开以后,胡同里热闹起来了。每个人都有自己的看法:有人说,他们要把我们卖到美国去做苦力;有人说,他们要把我们运去苏联,扔到烤炉里;也有人说,只有生病的孩子才会被送走,健康的小朋友都会留在妈妈身边;还有人一点儿也不在乎,什么都不懂,照常过着日子。我不去上学了,什么都不懂。但总的来说,我知道一大堆事儿,胡同里的人管我叫"诺贝尔"。实际上,我只是在街头巷尾四处晃悠,打听打听别人的故事,听听别人讲什么,没人生来就什么都懂。

妈妈不希望我在外面讲她的事。所以我从来不跟别人讲:我家床底下放了"大铁头"搞来的咖啡,他每天下午都要来我家,和妈妈关在屋子里。当然了,我不知道他是怎么跟他老婆交代的,可能说他出去打台球了。他一来,就要把我打发出去,说他和我妈妈要干活儿。

我只好出门,去捡些碎布回来,捡点儿美国兵穿过的旧衣服,或者一些脏兮兮、满是跳蚤的破烂玩意儿。刚开始,"大铁头"来我家时,我不愿意出去:我可接受不了他到我家来作威作福。但妈妈说,我得尊重他,他有许多牢靠的关系,我们得靠他吃饭。妈妈还说,"大铁头"很会做生意,我可以从他那儿学到很多东西,他也能教教我。我什么也没说,但从那天起,只要他一来,我就出门了。我会把捡来的破衣服都带回家,妈妈会把这些衣服洗干净,缝补好以后,再拿去交给"大铁头"。"大铁头"在集市上有一个小摊，他会把这些东西卖给那些比我们宽裕一点的人。我一边捡破烂，一边看别人的鞋子，我掰着手指头数数，要是数到了十个十，就会有好事情发生：我爸爸发了财，从美国回来了，我们还把"大铁头"关在了门外。

　　说真的，这事儿以前灵验过。有一次，我在圣卡罗剧院的对面看见一位先生，他穿着一双新得不能再新的鞋子，亮锃锃的，简直可以得一百分。后来等我回家，我看见"大铁头"站在门外，因为妈妈看见他老婆挎着一个新包，从勒缇费洛大道走过去了。"大铁头"说："你得学会等待。等一等才能轮到你。"妈妈回答说："那今天你也等一等吧。"结果妈妈一整天也没让他进门。"大铁头"在我们的破房子外面站着，点了一根烟，手插在裤兜里走来走去。我跟在他后面，想看看他难过的样子。我问他："'大铁头'，今天放假啦？不干活了吗？"他一听，在我面前蹲了下来，深深吸了一口烟，他吐气时，我看见好多小烟圈从他嘴里冒出来。"你瞧瞧，"他跟我说，"女人跟葡萄酒是一码事儿。要么你掌控她，要么她掌控你。只要掌控权在女人手里，你就会失去理智，成为她的奴隶。我一直是个自由自在的男人，这一点永远也不会变。你跟我来吧，我带你去酒馆，让你也尝尝葡萄酒的味道。'大铁头'今天要让你成为一个男人！"

　　"那太不好意思了，'大铁头'，我不能跟你去，我还有事。"

　　"什么事啊？"

"跟平常一样啊，我要去捡破烂。虽然只能赚一点钱，但我们总要吃饭。我走了。"

说完，我把他一个人撇在那儿，径自走了。他吐的烟圈，在空中也渐渐消散了。

我把捡来的破布都放在妈妈给我的篮子里。篮子装满以后，就变得很沉，所以我学着集市上那些女人的样子，把篮子顶在脑瓜上。然而今天顶，明天顶，日子一天天过去，我的头发开始掉了，到最后我的头顶成了光秃秃一片。我觉得，正是这个原因，妈妈才给我剃了光头，哪是因为我头上有虱子！

我捡破烂时，总会四下打听火车的事儿，但什么也没打听到。有人说火车是白色的，有的又说是黑色的。托马西诺一个劲儿说，他才不要坐火车离开呢。他家什么也不缺，他妈妈，也就是阿尔米达太太，还没有沦落到要接受救济的地步。帕乔琪亚算得上是胡同里的权威人士了，她说，要是国王还在，这种事就绝对不会发生，妈妈也不会把她们的孩子卖掉。她又说："简直没有**尊严**了！"每次她说这句话时，就会露出褐色的牙龈，我看见她咬着仅剩的几粒黄牙，把"尊严"这个词从牙缝里挤出来。帕乔琪亚一直没结婚，我觉得这是因为她从小就很丑，这成了她的伤心事，别人是万万提不得的。而且她没有孩子的事儿，别人也绝对不能讲。以前她有一只金翅雀，后来逃走了。打那以后，在她跟前，就连金翅雀也不能再提了。

老桑德拉也没结过婚，没人知道缘由。有人说，追求她的人太多了，她挑花了眼，到头来成了孤家寡人。也有人说，实际上是因为她很有钱，不愿意跟任何人分享。还有人说，她曾经有个未婚夫，但后来死了。甚至有人说，她发现未婚夫已经结过婚了。不过要我来说，这些都是胡说八道。

有一次，也仅有这一次，帕乔琪亚和老桑德拉站在一条战线上：有一天，德国人跑到胡同里来找吃的，两个人把鸽子屎藏在夹心酥饼里，说是猪肉酥，是我们的特色美食，然后拿给他们吃。结果德国人吃了，连说"不错"。她俩一听，胳膊肘相互撞了撞，笑开了花。但从那以后，我们就再也没见过德国人了，他们也没有回来报复我们。

到现在为止，妈妈还没把我卖掉。修女来过后两三天，我顶着篮子回家时，碰见了那个玛达莱娜·克里斯库洛。我想：这下好了，他们要把我买走了！妈妈跟她讲话，我就像傻子一样在房间里打转。她们一有问题问我，我要么就不回答，要么就装结巴。我想装成傻子，这样一来，他们就不会把我买走了，谁会蠢到去买一个结巴或傻子呢？

玛达莱娜说，她以前很穷，当然现在也很穷。她说，饥饿不是罪，不公正才是罪；她还说，女人应当团结起来，改变现状。帕乔琪亚总说，要是所有女人都像玛达莱娜那样穿长裤，留短发，那世界就要颠倒了。可我转念一想：她怎么有脸说这些，她自己还有小胡子呢！玛达莱娜没有小胡子，她唇红齿白，真是好看。

玛达莱娜压低了声音，跟妈妈说，她知道妈妈的事儿，知道她的不幸，还有她遭受的苦难。她说，女人需要团结起来，相互帮助。妈妈盯着一片空白的墙，足足盯了两分钟，我知道她是在想念我哥哥路易吉。

玛达莱娜来我们家之前，有几个女人已经来过了，她们不穿长裤，也没留短发。她们是真正的阔太太，金色的卷发，穿着漂亮的衣服。她们走进巷子时，老桑德拉表情都扭曲了，说："布施的圣母来了。"起先我们都很高兴，因为她们带了装食物的袋子，但很快大家就发现，袋子里既没有面包，也没有肉和奶酪，里面装的是大米，而且总是大米，只有大米。每次她们来时，妈妈都会望着天说："今天又能开心大笑了，你们送来这么多大米，真让我们快笑[1]死了！"一开始，这些阔太太没明白什么意思，但看见没人再愿意要那些袋子，就说那都是北方的粮食，她们在推广大米[2]。不过等她们再来敲门时，大家就不开门了。帕乔琪亚说，我们不懂什么是感恩。她还说，我们什么都不配有，连**尊严**也没有了。但老桑德拉说，她们带着米来，就是要取笑我们。因此，每当有人要送她一些毫无用处的东西时，她就会说："看，布施的圣母来了！"

玛达莱娜向我们保证，她说我们坐上火车，一定会玩得很开心。她说北方和中部的家庭会像对待自己的孩子一样对待我们，照顾我们，给我们饭吃，给我们衣服和新鞋子（两分）。我马上不装疯卖傻了，我说："妈妈，把我卖给她吧！"

---

1 文字游戏，意大利语中"米"和"笑"是同一个词。
2 意大利南方人吃面食，不喜欢吃米；北方人习惯吃米。

玛达莱娜张开红彤彤的大嘴笑了起来,妈妈反手就甩了我一巴掌。我伸手摸了摸,不知道是因为挨了耳光,还是因为羞愧,我的脸上火辣辣的。玛达莱娜收起笑容,伸出一只手,搭在妈妈的胳膊上。妈妈像碰到了滚烫的锅一样,向后缩了一下,她不喜欢别人碰她,轻轻挨一下也不行。玛达莱娜用很严肃的语气说,她并不想把我买走,目前意大利共产党正在组织一项前所未有的活动,可能会载入史册,让人世世代代都记住。"就像把鸽子屎放进夹心饼一样吗?"我问。妈妈脸一沉,看着我,我想她要再甩我一巴掌了。她却问我:"你呢?你怎么想的?"我说,他们要是给我一双新鞋子(一颗星),我就去,就是走也要走到共产党员家里去,更别说坐火车了。玛达莱娜笑了,妈妈点点头,意思是:"那好吧。"

3

梅迪娜大街有一栋共产党支部的办公楼,之前我和妈妈来过一回。上次玛达莱娜跟我们说,所有打算坐火车去北方的孩子都要来确认,所以妈妈今天又把我领到这儿来了。我们在二楼碰见了三个小伙子,还有两个姑娘。那两个姑娘招呼我们进办公室里,刚进门我就看见一张书桌,后面墙上还有一面红旗。我和妈妈坐了下来,其中一个姑娘问了我们一大堆问题,而另一个姑娘在纸上唰唰做记录。等讲完了,问话的那个姑娘从小盒子里取出一颗糖果,递给了我。那个写字的姑娘把一张纸轻轻放在妈妈面前,我妈妈不知道要做什么,那姑娘拿了一支钢笔给她,请她签字,但妈妈有些不知所措。我剥开糖果,一股柠檬味儿钻进了鼻子,这糖果可不是每天都能吃到的。

我听见那三个小伙子在隔壁办公室大喊大叫。两个姑娘相互看了一眼,什么也没说,显然她们也没办法,已经习惯了。妈妈攥着笔,手悬在半空中,盯着眼前的纸发愣。我问,为什么他们嗓门儿那么大。先前做记录的那个姑娘还是不说话，另一个开口说，那三个小伙子没吵架，他们在讨论怎么能让大家都过上好日子，讨论我们要做什么，这就是政治。我又接着问："在这楼上，大家的想法都不一样呀？"那个姑娘听了，面露难色，好像吃到了一颗苦榛子。她说，确实存在一点儿分歧，但毕竟有不同的风潮嘛……这时，另一个姑娘用胳膊肘撞了她一下，示意她说得太多了，然后转过头跟妈妈说，要是不会写自己的名字，画个叉也行，总之她们俩也可以作证。妈妈脸红了，头也不抬，在纸上歪歪扭扭地画了一个叉。听见她们讲到"风潮"，我开始害怕了。以前我总听老桑德拉说，要是招风了，可就要咳嗽有痰了。我听人说，小孩生病了，就走不了了。但这话好像也不对：难道不应该把生病的小朋友送去治疗吗？不是吗？帕乔琪亚肯定会说，只团结健康孩子，那可真容易。其实除了有小胡子和褐色牙龈，帕乔琪亚是一个很好心的女人，她时不时还会送我一里拉[1]呢。

两个姑娘在一个大厚本子上写了些什么，然后陪我们走了出来。我们路过隔壁办公室，那三个男的还在争论政治问题。其中一个小伙子瘦瘦的，满头金发，他每两三句话就会提到"南方问题"和"民族融合"。我看了妈妈一眼，想知道她听懂了没有，但她只是直直往前走。我们刚要走过去，那个金发小伙子转过头来看着我，好像在说："你说说看吧，你也说说看！"我只想跟他讲：我根本不懂你们在说什么，

1　意大利旧式钱币。

17

是妈妈把我带来的，她说这是为了我好，要不然我才不会来这儿呢。妈妈拽了我一把，压低了声音跟我说："你瞎掺和什么？闭嘴吧，快跟我走！"

我们就这样离开了，那个金发小伙子一直盯着我们，直到我们出了门。

4

天气突然变坏了。雨季到了，天气变冷，妈妈不让我出去捡破烂了。虽然她再没有给我买过油煎披萨饼，但有一回，她给我做了热那亚肉酱面，那天可把我高兴坏了。修女也不来胡同里了，大家对火车的事儿已经厌倦，也没人提了。

不出去捡破烂，我没东西拿给妈妈去换钱，日子不好过。我和托马西诺合伙做起了生意，还算不错。刚开始，托马西诺根本不愿意，他一方面觉得这买卖有些恶心，一方面怕被妈妈发现，可能要挨罚，没准要被送上火车。但我跟他说："连'大铁头'都能用垃圾堆里的破烂挣钱，为什么我们不行？我们是傻瓜不成？"就这样，我们的"耗子生意"开始了。我们各自分工：我负责抓耗子，托马西诺负责上颜料。我们在市场上支起一个小摊，那里有人卖鹦鹉和金翅雀。我们把耗子涂成了仓鼠的颜色，当成仓鼠卖。我是怎么想到这一点的呢？之前有个美国军官，他养了好多仓鼠，卖给贵妇人赚钱，但那些贵妇人现在没那么有钱了。她们会用仓鼠毛做围脖，既节约，又好看。我的点子就是从这儿来的。我把抓来的耗子剪去尾巴，拿给托马西诺。然后，他用鞋漆把耗子全身上下都涂成白色或栗色，结果，我们的耗子看起来和那个美国军官卖的仓鼠一模一样。起先生意挺好的，我们有一些固定客户，要不是坏天气捣鬼，下了场雨，我和托马西诺可能已经成了有钱人了。"亚美利！"那天早上托马西诺跟我说，"要是我们找到了钱，你就不用去共产党那儿了！""有什么关系呢，"我回答说，"就当是出去旅游嘛。""对啊，穷鬼的旅游。你知道，我妈妈明年夏天带我去哪儿吗？她要带我去伊斯基亚岛……"这时，天色阴沉，雨哗啦啦地落了下来，都没见过那么大的雨。我说："托马西诺，下次你还要扯这么大一个谎，一定先准备好伞。"

我们跑到屋檐下躲雨，但小摊和耗子都被淋湿了。我们没来得及跑过去收拾，鞋漆就掉色了，"仓鼠"也都变回了耗子。那些站在笼子旁边的贵妇人尖叫起来："啊！真恶心，有病菌！"

那些夫人的丈夫围了过来，要打我们，我们无路可逃。但幸运的是，"大铁头"来了，他揪住我俩的衣领，命令说："赶紧把那些恶心玩意儿弄走。我一会儿再跟你们算账。"

我原本以为他要好好收拾我一顿，但他对耗子的事儿只字不提。后来有一天，"大铁头"来我家和妈妈干活了，进门前，他招呼我过去讲两句话。他吸了口烟，对我说："你们的想法挺不错的，但你们应该在有顶棚的地方卖。"他大笑起来，从嘴里冒出来的烟圈都飘散在空中。"你要是想做生意，就应该跟我上市场去，我可以教你……"说完，他的手放在了我脸颊上，我搞不清楚他是拍了一下，还是抚摸了一下，然后他就走了。

我确实想过到"大铁头"那儿去，纯粹是为了学怎么做买卖。但过了几天，警察把"大铁头"带走了。我想，也许是那几包咖啡惹的祸。好在胡同里的人都不谈论"耗子生意"了，他们全在议论"大铁头"被捕这件事儿。现在我倒要看看他还会不会说：他是一个自由自在的男人！

妈妈得知"大铁头"被抓以后，把床底下所有东西都藏了起来。好几天，只要听见门外有声响，她就用手捂着脸，好像要让自己消失一样。日子一天天过去了，压根就没人来我们家搜查，大家也就把这件事忘了。胡同里的人总是七嘴八舌，但讲过的话，很快就忘了。可妈妈不一样，她话虽然很少，但从来什么都不会忘。

一天清早，太阳还没出来呢，窗外灰蒙蒙的一片，妈妈就把我从床上喊了起来。我还不知道怎么回事儿，只是看她穿上了一身好衣服，对着镜子梳头。她让我穿上了一身不太旧的衣服，对我说："我们走吧，不然要迟到了。"我马上就明白了。

我们出发了，妈妈走在前面，我紧紧跟在后面，这时下起了雨。我在泥水里踏来踏去，边走边玩，妈妈照着我后脑勺拍了一巴掌，可鞋子已经打湿了，路还很长。我四处张望着，玩起了给鞋子打分的游戏，我数了几分，但我不太开心，我也想用手捂住脸，让自己消失一会儿。我看见有很多妈妈都领着孩子走在路上，有些小朋友的爸爸也跟来了，但一脸不乐意的样子。其中一个爸爸，在纸上写满了注意事项，比如他儿子要几点起床，几点睡觉，喜欢吃什么，不喜欢吃什么，每周要大号几次，另外他儿子晚上会尿床，所以得在床单下垫块油布。那个爸爸拿着那个单子，想把上面的注意事项全念一遍，儿子简直要羞死了。等念完了，那个爸爸把纸对折了两回，塞进了儿子的衬衣口袋里。不过，他又琢磨了一阵子，又把那张纸拿出来，在上面添了几句感谢的话，感谢招待他儿子的新家庭。他还说，感谢上帝，他们其实没必要送孩子走，但孩子坚持要去北方，他们决定满足孩子的愿望。

那些妈妈倒不觉得有什么丢脸的，她们有的牵了两三个孩子，有的甚至牵了四个。我是妈妈唯一的儿子，我没来得及认识我哥路易吉，也没来得及认识我父亲，我生得太晚了，什么都没赶上。但这样也好，爸爸就不会觉得送我上火车是一件羞耻的事儿。

我们来到一栋很长很长的楼房前，妈妈说，这是贫民收容所。"怎么会呢？他们不是说要带我去北方过好日子吗？为什么要到收容所来呀？在这儿我会过得更糟的！难道留在胡同里不好吗？"我问。妈妈回答说，在去北方之前，要到这儿来检查孩子是不是健康，有没有生病了，有没有传染病……

妈妈又说："他们会给你穿上厚衣服、外套和鞋子，北方可不像我们这儿，那里已经是冬天了！"

"是崭新的鞋子吗？"我问。"要么就是全新的，要么就是别人穿过的，但完好无缺的鞋子。"妈妈说。"两分！"我大喊一声。那一刻，我忘记了自己就要离开，在妈妈身边蹦蹦跳跳，乐了起来。

长长的楼房外面，已经有好多人了。小孩子紧紧挨着妈妈，什么年龄段的都有：包括很小很小的孩子，和我一般大小的，还有稍微大一点儿的，而我属于不大不小的。楼房的大门口站了一位女士，但不是玛达莱娜，也不是送我们大米的阔太太。她说，我们得排好队，这样才能核对信息，在衣服上缝个编号，方便区分，不然等回来时就搞乱了，妈妈就再也找不到我们了。我只有我妈妈，我才不想被别人替换，我紧紧拉住了妈妈的挎包。我说，那些新鞋子说到底也没什么用，不如我们回家吧。妈妈假装没听见，她可能根本就没在听我讲话。我心里难过得不得了，我想，也许我应该继续装傻学哑巴，这样我就不用离开了。

我把头偏向一边，不想让妈妈看见我哭了，但眼前的情景差点让我笑出来。我看到了托马西诺，他在我身后两排的位置。"托马西！"我大声喊他，"你在等去伊斯基亚的火车吗？"他慌得要命，脸色苍白地望着我。他妈妈也需要人救济了！帕乔琪亚跟我说过，阿尔米达太太一开始很有钱，她先住在勒缇费洛大道，家里还有佣人。她给城里的阔太太做衣服，后来有了点儿名气。她丈夫乔亚奇诺·萨博里托先生几乎就要买上汽车了。但老桑德拉说，说实话，阿尔米达太太是靠给法西斯当哈巴狗才发的家。法西斯垮台以后，一切变回了原样，她重新做上了布匹买卖。而她那个曾小有脸面的丈夫，被警察抓去问话了。每个人都在等着她丈夫被判决：判刑，蹲监狱。但结果什么也没有发生。老桑德拉说，那算得上大赦了。那就像有一回妈妈发现我把汤碗打碎了，那是过世的外婆菲罗美娜留给她的（愿外婆安息，保佑我们）。妈妈对我说："马上从眼前消失，不然看我不打死你。"我溜到老桑德拉家里，两天都没敢出来见她。后来，阿尔米达太太的法西斯丈夫被放回来，但谁都不和他讲话了。现在他们住我家旁边的一个胡同里，在一栋楼的底层做布匹生意呢。

阿尔米达太太还在勒缇费洛大道做裁缝时，托马西诺总有新鞋穿（一颗星）。不过，等他妈妈搬回胡同，继续做布匹买卖以后，他就总穿着以前的鞋子，到如今，那些鞋子已经有些破旧了（一分）。

我看见托马西诺排在我们后面，妈妈捏了捏我的手，提醒我别忘了先前说的话。我紧紧拉着妈妈的手，转头冲托马西诺挤了挤眼睛。实际上我在捡破烂时，托马西诺有时候也跟我在一起。阿尔米达太太不太高兴，她说，她儿子不能和更落魄的人一起玩儿，要和有钱人玩儿。我妈妈听到这话以后，让我保证再也不和托马西诺玩儿了，因为他是暴发户的儿子，后来落魄了，加上老桑德拉说的，他们还是法西斯。我向妈妈做了保证，托马西诺也向他妈妈保证，我们不再见面。但每天下午我们还是会碰头，只不过是偷偷见面。

别的小孩也陆陆续续来了：有走路来的，有的是坐公共汽车来的，那是电车公司专门提供的，旁边一位太太是这么说的。有的甚至是坐军队的吉普车来的，车上挂着花花绿绿的横幅，坐的却不是士兵，而是好多小朋友。他们都在挥手，让我觉得仿佛看见民歌节的庆典马车。我问妈妈，我能不能也到吉普车上去坐坐。她说，我得好好跟在她后面，免得走丢了，要是我真想走丢的话，最好在他们给我的衣服缝上编号之后走丢。人越来越多了，门口的姑娘叫我们排好队，但队伍像小贩手里的大鳗鱼，扭来扭去的。

人群闹哄哄的，有个金发女孩子，刚才一直跟妈妈吵吵闹闹，嚷着要上火车，现在却改了主意，哭着不想走了。还有个男孩子是陪弟弟来的，戴着一顶褐色的帽子，比我稍微大一点儿。他边哭边说，弟弟去玩儿了，自己却被丢在这儿，太不公平了。妈妈噼里啪啦一阵打，但都无济于事：那些孩子还是号哭不停，妈妈丝毫没有办法。最后一位年轻女士过来，她把金发女孩的名字划掉了，添上了戴着褐色帽子的男孩的名字，大家都满意。那个妈妈拉着女儿往回走，说："回去再跟你算账。"

这时，我听见了熟悉的声音：好些女人一窝蜂过来了，走在最前面的是帕乔琪亚。她张开手臂，声嘶力竭地喊话，帕乔琪亚把国王翁贝尔托像用别针挂在胸口。我记得第一次看见这个画像是在她家里。我问她："这个留胡子的帅小伙儿是谁呀？你的未婚夫吗？"她一听，气得差点儿踹我几脚，好像我冒犯了她的未婚夫。不过，她未婚夫在第一次世界大战时牺牲了，愿他安息。帕乔琪亚从来没有背叛过她的未婚夫，连想也没有想过。她在胸前画了三个十字，把指头放在嘴唇上，把吻抛向了空中。她说，这个留胡子的年轻小伙儿是最后一任国王翁贝尔托，实际上，当上国王之前，他的国王生涯就已经结束了。因为有些人想要实行共和，他们不择手段，在选举时作弊了，他才没有当成国王。帕乔琪亚还说，她拥护君主制，但共产党把一切都颠倒了，现在什么都一团糟，没有规矩。她觉得我父亲也是"该死的赤党"，所以才逃到了美国！我想，可能确实如此，我妈妈的头发是黑的，但我的头发是红色的，应该是从父亲那里继承来的，我也是"赤党"。从那以后，每次有人想嘲弄我，叫我"小赤佬"，我再也不生气了。

帕乔琪亚胸前挂着画像，后面跟着一群没有带孩子的妇女。她们对着那些带了孩子的妈妈喊话。"不要卖掉自己的孩子！"帕乔琪亚大声喊道，"你们听到的都是空话，实际上，孩子们会被运到西伯利亚，只要他们没被冻死，就得做苦力。"

年龄最小的孩子哭了起来，他们闹着，不想去了，大一点儿的，干脆闹着要马上离开。场面像极了圣杰纳罗的节日庆典，只不过没有圣迹剧罢了[1]。帕乔琪亚不停拍打自己的胸脯，但我觉得，她像在扇胸口那个小胡子国王的耳光。如果老桑德拉在这儿，肯定和她针锋相对，和她吵起来了，可惜老桑德拉没有来。帕乔琪亚继续喊道："别让孩子离开，否

---

1 以基督教圣徒殉道为题材的戏剧。

则他们再也回不来了！难道你们没听说，那些法西斯在铁路上埋了很多炸药，要把火车炸掉？拉紧他们吧，抱紧你们的孩子，像大轰炸那会儿一样，保护你们的孩子！能保护他们的只有你们，还有掌控命运的天主。"

我记得大轰炸，我记得警报声和人们的叫喊声。妈妈把我抱在怀里，不停地跑，到了避难所，她一直紧紧抱着我。大轰炸的时候，我幸福得不得了。

那些妈妈领着孩子，排成一队，但帕乔琪亚带着那帮没孩子的女人，从队伍中间穿了过去，把队冲散了。这时，从那栋很长的楼房里出来了几个女士，她们来安抚大家的情绪。"大家别走，不要剥夺孩子们的机会。想想吧，冬天就要来了，寒冷、沙眼病，还有潮湿的房子……"她们走到大家身旁，给每个小朋友发了一个用锡纸包好的薄片。"我们也是妈妈，也有自己的孩子。孩子们会在温暖的地方度过一整个冬天，他们有吃的，有人照顾。博洛尼亚、摩德纳和里米尼的那些家庭已经在等他们了，会把他们领回家去。他们回来时会更漂亮，更健壮。他们一日三餐，会有早餐、午餐和晚餐。"一个女士走到我跟前，也给了我一块。我剥开看了看，发现里面是块薄薄的、深褐色的东西。那女士跟我说："小帅哥，快吃吧，这是巧克力！"我做出很懂事的样子说："嗯，嗯，我听说过……"

"安东妮耶塔太太，连您也要把孩子卖掉吗？"帕乔琪亚这时正好对我们说。她把手搭在画像上，那张小胡子的画像已经皱巴巴的了，可能因为她拍打得太久了吧。"您这样做，真让我不敢相信！您完全没必要……也许是因为'大铁头'被带走了？只要您开口，我也会请您喝一杯咖啡啊！"

妈妈脸色一沉，看了看我，想搞明白是不是我把咖啡的事儿传出去的。"帕乔琪亚太太，"妈妈回答说，"我一辈子都没求过任何人，别人给了我什么，我总会还回去的。无以回报时，我是坚决不会拿别人东西的。我丈夫出门闯荡，去淘金了，他会回来的……这些您都知道，我没必要说什么。"

"淘什么金啊，安东妮耶塔太太，算了吧……没有**尊严**了！"

帕乔琪亚说出"尊严"这两个字时，为了避免看到她的褐色牙龈，还有从缺了牙的洞口喷出来的口水，我把眼睛闭了起来。妈妈没答话，这可不是什么好兆头，我赶紧睁开了眼睛。要是有人取笑妈妈，她才会沉默，这是她最不擅长应付的事儿。我掰下最后一块儿巧克力，把锡纸搓成小球，放进了兜里。前天，我在勒缇费洛大道捡到了一个小锡兵，这锡纸可以当他的炮弹。我替妈妈答话了，我说："帕乔太太，无论他在哪儿，我毕竟有个父亲。但您的孩子在哪儿？"

帕乔琪亚把手按在胸口上，抚摸了一下胸口的画像。那个可怜的小胡子青年，现在已经皱巴巴的了。

"没有，是不是？您只剩下国王翁贝尔托的画像了吧？"

帕乔琪亚气坏了，褐色牙龈都在抖。

"太遗憾了！不然最后一块儿巧克力，我还想送给您的孩子呢。"

说完，我把巧克力扔进了嘴里。

5

"女士们，女士们！请听我说：我是玛达莱娜·克里斯库洛，住在圣露琪亚区的帕洛内托大街，我参加过'那不勒斯四日'抗德战争。"

听到声音，大家都安静了下来，是玛达莱娜，她站在卖水果的小推车上，对着一个铁漏斗一样的东西喊话，她的声音听起来很大。

"把德国人撵跑时，我们女人也贡献了自己的力量。我们很多女性：母亲、女儿、妻子，无论老少都来到街上加入战斗。你们参加了，我也参加了。现在我们要面对的是另一场战斗，我们面对的是最危险的敌人：饥饿和贫穷。如果你们奋起抗争，你们的孩子将会赢得胜利！"

那些妈妈都看了看自己的孩子。

"等孩子们回来，他们会长得更健壮，更漂亮，而你们也可以从辛苦的生活中缓一缓。当你们再次拥抱时，你们也会更健硕，更漂亮。我玛达莱娜·克里斯库洛以我的名誉担保，我一定会把孩子们带回来，还给你们。"

那些妈妈沉默了，孩子也都不说话了。

玛达莱娜从小推车上下来了，走到人群中间，所有小孩都拉着妈妈的衣服。她对着"铁漏斗"唱起了歌，她声音很好听，像音乐学院里飘出来的声音。以前我常常坐在音乐学院外面，等卡罗丽娜抱着小提琴出来。

"尽管我们是女人，但我们毫无畏惧，我们爱我们的孩子。出于对孩子的爱，尽管我们都是女人，但我们毫不畏惧，出于对孩子的爱，我们团结一致……"[1]

其他女士也跟着玛达莱娜唱了起来。那些孩子的妈妈起先都张着嘴，接着她们中有几个鼓足了勇气，也唱了起来，渐渐地，所有人都跟着唱了起来。这时候，帕乔琪亚率领的那帮女人，她们唱起了对国王的赞歌："国王万岁！国王万岁！国王万岁！欢乐的号角已经奏响。国王万岁！国王万岁！国王万岁！号角奏响，歌声嘹亮……"[2]她们人又少，唱得还有些走调。其他人的歌声越来越洪亮，越来越大声，到最后只听得见妈妈和孩子的歌声了。这是我头一回听到妈妈唱歌。帕乔琪亚不唱了，她闭着嘴，把牙龈藏了起来，她走在前面，把那帮人带走了。她从我旁边经过时说："饥饿战胜了恐惧……"不过后面的话我就没听见了，因为她已经走远了。

玛达莱娜对着"铁漏斗"大喊，叫孩子们和妈妈说再

---

1 意大利社会主义歌曲《联盟》（*La Lega*）中的歌词。

2 意大利语歌曲《皇家征程》（*Marcia Reale*）中的歌词，由朱塞佩·卡佩蒂（Giuseppe Gabetti）作词作曲。

见，走到那栋长长的楼房里去。她说，我们得先洗澡，再做体检。她还说，要是孩子们表现得好，就有巧克力吃呢。我拉紧了妈妈的手，转头看了看她。我看到她眼睛的颜色有些奇怪，和以前来巷子里找食物的德国大兵制服颜色很像。我张开双臂抱紧了妈妈，用尽全力把脸贴在她的肚子上。以前我和卡罗丽娜偷偷溜进剧院，去看音乐会彩排，我见过乐队指挥会这样张开双臂。我学着他的动作，抱着我妈妈。我的举动让她有些惊异，我妈妈不习惯拥抱，她把手放在我的头发上，轻轻摸了一遍。妈妈的手有肥皂在水里化开的味道，不过持续时间太短了。

有个姑娘走到我身边，问我叫什么名字。我说我叫亚美利哥·斯佩兰萨，和妈妈安东妮耶塔一样，都姓斯佩兰萨。那姑娘掏出别针，在我的衬衣上别了一张小卡片，上面写着我的名字和编号。然后她又给妈妈拿了一张相同的小卡片，妈妈接过来，塞到了怀里。妈妈总把最重要的东西放在那儿，比如零钱、手帕和驱魔的圣安东尼奥小画像。那块手帕是我外婆绣的，但她已经去世了，愿她安息！那里放的都是对她来说最珍贵的东西，现在又多了一张我的小卡片。等我离开以后，妈妈肯定会把卡片保存得好好的。

大家都拿到小卡片了。玛达莱娜举着那个"铁漏斗"，一会儿冲这边喊，一会儿冲那边喊，想让所有人都能听清楚她的话："女士们，女士们，先别走，再等等。排好队，让孩子站在前面，我们来拍张照吧。"

听到玛达莱娜的话，大家都很兴奋，把队形都打乱了，那可是费了很大劲儿才排好的。我看见有个妈妈在整理头发，有个太太在捏捏自己的脸蛋，好看起来更红润一些，还有些太太抿抿嘴，看起来像涂了口红，就像勒缇费洛大道橱窗里那些照片上的女人。我妈妈舔了舔自己的手，帮我理了理头发。她给我剃成光头以后，我的头发就长得有些乱，头上有很多发旋。这时玛达莱娜拿着一个牌子走了过来。"亚美利，上面写的什么？"妈妈问我。我看了看，有些字母我倒是认识，有些不认识。它们挤在一块儿，我就糊涂了，我还是更喜欢数字。我妈妈说："那我把你送到学校去做什么，去暖板凳的吗？"

幸好这时玛达莱娜举起"铁漏斗"，把牌子上的字念了一遍。原来上面写的是：我们是南方孩子，北方人会帮助我们，这就是团结。我正想问"团结"是什么意思，一个小伙子过来了，他穿着一身灰扑扑的旧西装，让我们摆好姿势，要照相了。我妈妈把手搭在我肩膀上，我转过头看了她一眼，她刚好挤出一个笑容，可她想了想，又收回了笑容，露出一贯的表情来。恰好这个时候，摄影师按下了快门。

我们总算进了那栋长长的楼房里。所有小孩，包括那些平时很霸道的孩子，没了妈妈在身边，都显得更小了。有几个姑娘让我们排成三列，站在过道里等着。过道里黑黢黢的，托马西诺怕得要命，腿都在抖。比仓鼠淋了雨，变回耗子那回还抖得厉害。我挤到他身边站着，给他打气，和我们站在一块儿的还有个女孩子，短头发，瘦巴巴的，她叫玛丽。她住在皮佐法尔科内街，爸爸是鞋匠。之前，妈妈看我对鞋子很痴迷，就把我带到她爸爸那里去，问我可不可以在店里做学徒，好让我学门手艺。从那会儿起，我们就认识了。不过，当时鞋匠看都没看我们一眼，他伸手往柜台后面指了指。我看见有四个不同年龄的男孩在那儿，他们手里拿着鞋子、钉子和胶水。我听说，玛丽的妈妈去了另一个世界，愿她安息。玛丽是他们家唯一的女儿，他爸爸想等她稍微长大了一点儿，就让她操持家务了，照顾几个兄弟。她爸爸让四个儿子当学徒学手艺，我就被排除在外了。

老桑德拉跟我说，玛达莱娜去找过玛丽的爸爸，跟他谈了去北方火车的事儿，但玛丽的爸爸只想把她送走，其他几个男孩子都得在店里帮忙。玛丽的爸爸还说，玛丽连面条都不会热，现在留在家里也没什么用。

玛丽站在队伍里，她脸色苍白，神思恍惚。"我不走！我不走！"她边哭边喊，"他们要砍掉我的手，把我丢到烤箱里！"

还有一些小朋友迫不及待地想出发。"我有沙眼，我有沙眼。"有几个喊了起来，就好像有这种病是一种优势。接着，其他小朋友也跟着嚷嚷："沙眼，我们有沙眼。"他们肯定觉得，要是没有沙眼，就上不了火车。

我、托马西诺还有玛丽，我们仨靠在一块儿坐着。玛丽总闻来闻去，但实际上，不管是烤肉的味道，还是烧焦的糊味，压根儿就闻不到，也看不到一丁点儿烟。所以说，他们还不会把我们丢到烤箱里，至少现在不会。几个姑娘来来回回，她们跟一个小伙子讲话。那个小伙子个头高高的，手里拿了一本花名册，时不时用铅笔在上面写些什么。玛达莱娜叫他"毛里奇奥同志"，而他称对方为"玛达莱娜同志"，他俩可真像一起上学的同学。毛里奇奥同志在队伍旁边走来走去，他听大家说话，回答每个人的问题。等他走到我们跟前时，他盯着我们看，问："你们叫什么名字呢？"

我们都没答话，都有点儿不好意思。"喂，我在跟你们说话呢，你们没有舌头吗？还是给他们剪掉啦？""现在还没剪掉。"托马西诺吓得要死，他说。"为什么要剪掉我们的舌头呀？"玛丽问，"原来帕乔琪亚说得对！"

毛里奇奥同志大笑了起来，摸了摸我们的头说："把舌头伸出来，让我看看！"

我们仨互相瞟了一眼，把舌头伸了出来。"在我看来，可能要给你们剪短一点哦，舌头太长了……"

玛丽哧溜一下把舌头缩了回去，双手交叉，挡在了嘴巴前面。"不过呢，我们有规定的，是不能……"毛里奇奥同志翻了翻手上的本子，"你们瞧？这上面写着呢，识字了吗？还没有啊？那太遗憾了，要是你们识字的话，就可以自己读了。儿童救助委员会第一百零三条：禁止剪掉小朋友的舌头……"说完他又笑了。他把本子转过来给我们看，其实那一页什么都没写。"毛里奇奥同志喜欢开玩笑！"托马西诺说，他现在没那么害怕了。

"没错！"毛里奇奥同志说，"还有件事儿，我也很喜欢……你们别动，给我五分钟……"

他拿着铅笔在白纸上画了起来。他一会儿看看我们，一会儿在纸上画几笔。有时候，他也停下来好好打量我们一番，接着又继续画。等画完了，他把纸撕了下来，拿给我们看。我们目瞪口呆：白纸上画着我们的脸，简直一模一样。毛里奇奥同志把那幅画交给了托马西诺，托马西诺把它揣到裤兜里了。

有两个姑娘从走廊尽头过来了，她们穿着围裙，戴着手套，叫我们把衣服脱了。我们仨一听，哭了起来。托马西诺怕他那双破了洞的旧鞋子被偷走，那可是他好不容易才弄到的。玛丽是因为不好意思，她不愿意在大家面前把衣服脱光。而我呢，是因为只有一只袜子是好的，另外一只打满了补丁，我也不好意思让人看到。我走到一个姑娘跟前说，我不想脱衣服，我觉得好冷。我还说，我的两个朋友也觉得冷。

这时玛达莱娜也来了。"那我们玩一个游戏，好不好呀？"她说，"这个游戏你们肯定没玩儿过。要玩儿这个游戏的话，就得先把衣服脱掉。做完了游戏，我们会发新衣服，又漂亮又暖和。""有新鞋子吗？"我问。"每个人都有新鞋子！"玛达莱娜把头发拨到了耳根后面，说道。我们慢慢把衣服脱了，跟着玛达莱娜走到一个房间里，天花板上装了好多管子，都在洒水。就好像下雨了一样，不过水是热的。我站在管子下面，让水落在我身上，我怕自己被淹死，赶紧闭上了眼睛。玛达莱娜凑过来，用海绵往我身上抹了好多泡泡，香香的。她给我洗了头，洗了胳膊，洗了腿和脚丫子。香皂在身上滑来滑去，好像有人在抚摸我。妈妈从来都不抚摸我。我睁开眼睛，看见托马西诺就在我旁边，他在向我滋水，玛丽站在一摊脏水上，直跺脚。

玛达莱娜给他俩也抹了香皂，用水冲得干干净净的。洗完澡以后，玛达莱娜又拿来白色的粗布浴巾，把我们裹了起来。她叫我们和其他洗干净的小朋友一起坐在椅子上等着。不一会儿，又来了个女共产党员，她提着篮子，里面全是面包。她给我们每个人都发了面包，然后说，医生要来看我们了，这是他送来的。我从来没看过医生，当然我也不想看，不过我还是把面包吃了。我闭上眼睛，吸了一口气，浓浓的香皂味钻进了鼻子。

6

加里波第火车站都快成一片废墟了，好多火车在大轰炸时被毁掉了。它们像我以前在阅兵仪式上见过的士兵，手里举着旗子，拖着残缺不全的身体，有的缺了胳膊，有的缺了脚，还有的缺了眼睛。我觉得这些被毁坏的火车像是退伍军人，它们伤痕累累，但依然活着。

不过，也有没被炸掉的完整火车，都特别长，从车头望过去，根本看不到尾巴。玛达莱娜说，出发前妈妈会来向我们告别。我想，她们要是见到我们，应该会认不出来了吧。不过，还好我们胸口上别了编号，不然她们准把我们当成北方的孩子，到火车出发时，也不会跟我们说"愿圣母保佑你"。

每个男孩子都剪了头发，换上了长裤和厚厚的袜子，他们还穿了秋衣、衬衫和外套。但我的头发保留原样，因为不久前我还顶着大光头呢。女孩子都扎了辫子，上面有红红绿绿的蝴蝶结，有的穿着连衣裙，有的穿了长裙，上面都套了一件外套。除此之外，我们每个人都有一双鞋子。不过，给我发鞋子时，合适的鞋码没有了。他们给我找了一双小一号的鞋子，全新的鞋子，是棕色的，擦得锃亮，还有鞋带。"怎么样？穿着舒服吗？"我试了试，感觉前后都有点儿紧。"舒服！可舒服了！"我赶紧说，生怕他们把鞋子收走了，于是我有一双新鞋子了。

我们在站台上排好队伍，听大人不停叮嘱说：不准把衣服弄脏，不准吵吵闹闹，不准把窗户打开，不准乱跑，不准躲起来，不准偷拿车上的东西，更不准和别人换鞋子和裤子，也不准把辫子解开。虽然才吃了面包，但我们又饿了，他们给每个人又发了两小块奶酪，不过，没有巧克力吃了。大家从没见过真火车，都很好奇。我吹嘘说，我父亲去美国时，坐的就是火车。要是他再等等，等到我出生了，我们就可以一起去了。玛丽回答说，没人坐火车去美国，都是坐轮船去的。我反问她："你知道什么吗？你父亲去过美国吗？"她说："笨蛋，所有人都知道，美国在海的另一边。"玛丽比我大，她说她以前学习很好，但不幸她妈妈撇下了她，也丢下几个兄弟和鞋匠父亲，现在她也不能上学了。如果老桑德拉在就好了，我可以问问她，美国是不是在海的另一边。可惜她不在，妈妈也不在。不过妈妈有很多事也不知道，这不是她的强项。这时候，我看见了那个金发小伙子，就是先前在梅迪娜大街的办公楼里和几个同伴吵吵嚷嚷的小伙子。他在帮玛达莱娜清点人数，我感觉，他和玛达莱娜站在一块儿，看起来没那么难过了。他已经被"南方问题"困扰了好久，说不准玛达莱娜帮他解决了。

火车远远开来了，和我在勒缇费洛大道的玩具店里见到的那个小火车一模一样。慢慢地，火车近了，变得越来越大，成了庞然大物。托马西诺非常害怕，躲到我后面去了，他没发现我也很害怕。几个姑娘一边核对我们外套上的号码，一边照着花名册念名字。"亚美利哥·斯佩兰萨"——一个姑娘念了我的名字，总算到我了。车厢和站台之间有三个铁质的小台阶，我上了火车。车厢里潮潮的，好像很久没有透气了，和帕乔琪亚的破地下室一样。从外面看，火车看起来很大，没想到里面很窄小，一点儿也不舒适。像连在一起的杂物间，有一个铁门把手可以打开一个个小房间。现在我已经在火车上了，一切都发生得太快了，即便我想回去，也回不去了。我想妈妈了，也许她已经回家去了，我心里感到一阵阵难过。托马西诺和玛丽跟在我后面，也上了火车。看他们的表情，肯定也在嘀咕：我们就这么走了啊，也不知道为什么要走。那几个姑娘还在念花名册，车厢里渐渐挤满了小孩。我们站起来，又坐下去，前前后后来回跑。有人闹着说饿了，有人又说渴了。这时，原本要剪我们的舌头，但后来为我们画了像的毛里奇奥同志走进车厢说："安静点儿，安静点儿，都坐下，要坐很长时间火车呢。"可我们还是想怎样就怎样。后来他收起笑容。我想他准是觉得烦了，现在他要把所有东西都要回去，包括火车、鞋子和外套，我们根本就不配拥有这一切。帕乔琪亚说得对，我们什么都不配。座位都是木头的，我坐在那儿，脸贴着车厢脏兮兮的隔板。我闻到火车久不通风的霉味儿，还有木头座位的潮味，火车上的玻璃脏脏的，我想妈妈了，眼睛有点发酸。

突然托马西诺和玛丽喊我："亚美利哥，亚美利！快来，快来，快看看！"

我站起来，看见其他小孩都把手伸到了窗户外面，去拉妈妈的手。我走到窗户边，想找个缝儿钻过去，托马西诺挪了挪身子，我也能看见我妈妈了。她站在人群里，个头显得更小了。尽管火车还没有开动，但妈妈看起来很远。老桑德拉站在妈妈身边，她也来送我了，尽管她今早得去参加一个亲戚的第三十天日安魂弥撒。

妈妈从窗户递给我一个小苹果，圆圆的、红彤彤的，是个皇冠苹果，我把它塞进了兜里。我想，这个苹果可真漂亮，我才舍不得吃呢。它像颗红心，跟我在圣赛维罗礼拜堂见到的一样。老桑德拉跟我说过，在这个礼拜堂里放着死人，有骨头，也有血有肉，连心脏都看得见。有一回，我和托马西诺偷偷地溜了进去看。他原本是不想来的，怕被"死人"抓走。但帕乔琪亚总说，我们不应该害怕死人，应该害怕活人。于是我和托马西诺点了根蜡烛，走进了黑洞洞的礼拜堂。我们刚进去就看见好多雕像，它们好像有血有肉，根本不像石头做的。我还看见一个耶稣像，他身上盖着床单正在睡觉，仿佛随时都会醒过来，床单也是石刻的，但很逼真。走在这些雕像中间，我的心都要提到嗓子眼儿了。最后，我看见了那两具人骨架，它们站在那儿，就好像刚从肉里挖出来一样，脑瓜光秃秃的，还在笑，但没牙齿。它们的骨头上面缠着错综复杂的血管，有的是红色的，有的是黑色的。胸口正中央就是心脏，圆圆的、红彤彤的，像枚皇冠苹果。蜡烛从我手里滑落，四周陷入了黑暗，我们大喊"救命"，在礼拜堂里乱摸索，可根本没人回应我们。不知道怎么地，最后托马西诺找到了出口。托马西诺说得对：活人令人害怕，但死人也不是开玩笑的。当我们跑出来时，街上已经黑咕隆咚一片了，不过跟教堂里的黑暗比，那根本不算什么。从那以后，我时不时还会梦见圣赛维罗礼拜堂里的那两个骨架。

我看着窗外的妈妈，她整个人都缩在披肩里，也不说话，沉默是她擅长的。这时火车嘶叫起来，简直比长下巴老师尖叫声还要大，那是因为有一回，我们给老师的课本下藏了一只大蟑螂的尸体，她看到后大叫起来了。听到火车叫了，所有妈妈开始前后挥舞双臂了，我以为她们在给我们告别，但我想错了。

火车上的小朋友，包括托马西诺和玛丽，都把外套脱了，从窗户扔了出去，扔给了自己的妈妈。我问他们："你们做什么呀？到了北方，我们会冻死的。"

托马西诺回答说："这是早就说好了。离开的孩子要把外套脱下来，留给哥哥或弟弟。北方虽然很冷，但这里也暖和不到哪里去。"

"那我们怎么办？"我又问。

"那些共产党还会给我们一套衣服，他们有的是钱，买得起的。"玛丽回答说。她刚把外套扔了下去，她的鞋匠父亲就把外套给最小的弟弟穿上。

我不知道怎么办，要是我哥哥路易吉还活着，兴许会用得上，但他已经不在了。我想，妈妈也许可以把衣服改一改，做成一个厚实的外套自己穿。于是我也脱下外套，扔了出去，但苹果我留下了。妈妈接住半空中的外套，看了看我，我觉得她在微笑。

我听见几个姑娘在隔壁车厢的喊声。我探头去看，想搞明白发生了什么。原来，站长来了，他前前后后地跑，手足无措。他不知道是应该暂缓出发，先把外套拿回来，还是让我们这些小鬼下车……毛里奇奥同志走过去跟他讲话，最后，他们决定加一节有火炉的车厢，好把火车里的温度升起来。

就这样，在几个年轻女士的叫喊声中，那些孩子的妈妈夹着外套溜掉了。我们在火车上大笑，站长举起了信号牌，火车终于开动了。起先，火车只是慢慢地往前爬，后来越跑越快。妈妈手臂交叉，抱着我的外套，像大轰炸那会儿她抱着我的样子。她在站台一角，变得越来越远了。

7

"外套没有了，那怎么知道我们谁是谁啊？"玛丽担心地问。

"看脸啊，不行吗？"托马西诺回答说。

"那些党员知道你是谁，我是谁吗？在他们眼里，我们长得都一个样，就好比美国黑人在我们眼里一样。我们都是穷鬼，有什么不同吗？"

"我觉得他是故意的。"一个黄头发小朋友插嘴说，他缺三颗门牙，"是他们叫妈妈把衣服拿走的，等我们到了苏联，就永远也回不去了。"

"我们会冻死的。"坐在旁边的一个很矮小的黑发男孩说话了。

玛丽盯着我，眼里包了泪珠，想知道他说的是不是真的。

"你知道吗？苏联人把小孩当早饭吃。"黄头发男孩跟玛丽说。玛丽一听，吓得直发抖。

"那他们一定会把你送回来的。"我对玛丽说，"你瘦巴巴的，皮包骨，有什么好吃的……谁跟你说，我们就一定去苏联？我听说我们去的是意大利北方。"

玛丽这下放心多了，那个黄头发男孩说："他们为了骗我们的妈妈，才说是去意大利北方的。实际上，他们要把我们运到西伯利亚，把我们扔到冰房子里，那儿还有冰床、冰桌子和冰沙发……"

玛丽的泪珠滚了下来，落在新连衣裙上。

"对呀。"我回答说，"那就是说，我们可以做刨冰吃。你想要什么口味的，玛丽，柠檬味还是咖啡味？"

这时毛里奇奥同志走进了车厢，跟他一起的还有个高高瘦瘦、戴着眼镜的男人。小朋友都笑话他是"眼镜崽儿""四眼"！"孩子们，安静点！"毛里奇奥同志朝我们大喊，"你们知不知道，你们能坐上火车，都要感谢这位先生？"

"这个人？是谁啊？"那个小个子黑发男孩问。

"我叫加埃塔诺·马奇亚罗利，我是做书的。""四眼先生"操着一口纯正的意大利语说，他的嗓音很好听。我们像真被剪掉了舌头似的，安静下来了。"我和别的同志组织了这趟旅途，专门为了你们……"

"为什么呀？你们能得到什么好处呢？你们又不是我们的爸爸妈妈。"那个矮矮的黑头发男孩子说，只有他不害怕。

"必要的时候，我们可以是父亲，也是母亲，照顾那些需要照顾的人。所以我们要把你们交到那些把你们当自己孩子、能照顾你们的人手里，这都是为你们好。"

"会给我们剃光头吗？"我小声问。

"四眼先生"没听见，他挥挥双手，跟我们作别："旅途愉快，孩子们，表现好一点哦，玩得开心。"

那个高高瘦瘦的男人出去了，谁也没吭声。

毛里奇奥同志坐在我们的中间，翻开了手上的花名册。"你们把衣服都'送给'了你们的妈妈，可衣服上面有你们的名字。"他扫视了一圈，看着每个人的眼睛说，"现在，我们得拿着名单挨着车厢，重新确认你们的身份了。"于是，他开始问我们的名字了，问我们的父亲是谁，母亲又是谁。每个小孩回答了这些问题，就在衣袖上别张有数字的小卡片。到了那个缺几颗门牙的黄头发男孩，毛里奇奥同志问他叫什么，问了两三遍，他都不说话。他假装自己又聋又哑。毛里奇奥同志喊了好多不同的名字，想看他会不会转过身来：巴斯夸雷、朱塞佩、安东尼奥……但一个也不对。最后毛里奇奥同志有些恼火，到另一节车厢里去了。"为什么你要装聋作哑呢？"托马西诺问，"你看那个可怜人，都被你弄得失去耐心了。"黄头发男孩狡黠地笑了："我又不是傻瓜，怎么会说出我的名字！"说完，他做了一个傻子的手势。

"那他们怎么知道你是谁啊？"玛丽问，"你就不怕不能回到妈妈身边吗？"

"我妈妈?"金发小朋友回答说，"是她教我的，我们的名字，我们有哪些亲戚，住哪里，都不能跟任何人讲，就算在轰炸时期也不能说。尤其不能告诉警察！"

那个黄头发男孩做出一副高高在上的样子。我们没说话，他也闭嘴了，我觉得他也怕了，他怕别人因为自己耍滑头，等回来了，人们不知道把他还给谁。不一会儿，有个我之前没见过的姑娘进来了，她拿着花名册，坐下来继续问我们。到我了，她问我叫什么名字。"亚美利哥·斯佩兰萨。""年龄呢？""七岁了。""父母？""安东妮耶塔·斯佩兰萨。""你父亲呢，叫什么名字？是做什么的？""我不知道。"我尴尬地说。"也不知道你父亲是做什么吗？"她问。"我不知道我有没有爸爸。有人说有，有人说没有。我妈妈说他去别的地方了，帕乔琪亚说他逃跑了……""那我们写失踪了？""可以空着吗？要是他回来了，再加上去……"我问。那个姑娘没答话，抬笔跳到了下一行。"下一个。"她说。

8

　　路还很长。刚出发那会儿，大家吵吵闹闹的，有的哭有的笑，现在都没了动静。我只能听见火车咣当咣当的声音，闻到东西变旧发潮的味道，就像那个放着人骨架的礼拜堂。向窗外望去，我想起了妈妈大床上属于我的位置，床下是"大铁头"的咖啡。我还想起了过去的时光，不分晴天雨天，我整日在街上溜达，捡破烂。我想帕乔琪亚了，这会儿她应该在家躺下睡觉了吧，床头柜上还摆着小胡子国王的画像。我想老桑德拉了，我甚至闻到了她煎洋葱的味道。我想我曾经生活过的胡同，它比这个火车还要窄，还要短。我想我父亲了，可他已经去美国了。我想我哥哥路易吉了，他得了哮喘去了，留下我一个人。

　　我的脑袋时不时偏向一边，耷拉在肩膀上，眼睛闭上了，脑袋变得迷糊了。周围的小朋友几乎全睡着了。我望着窗外，月亮在田野上奔跑，仿佛在追着火车跑。我抱着膝盖，蜷缩在座位上。滚烫的眼泪从面颊滑落，流到了嘴里，咸咸的味道破坏了巧克力味道。托马西诺坐在我对面，睡得很香。他本来是个胆小鬼，连自己的影子都怕！那个什么也不怕、爬进下水道抓耗子的我，现在却希望火车立刻停下来，把我们全送回去。我只想听妈妈的声音，听她对我说："亚美利，快来，回家了！"

在我快要睡着时，一阵刺耳的声音传来了，就好像有人用指甲在锅底刮来刮去，叫我起了一身鸡皮疙瘩。火车忽然停了，大家都往前一倒，撞在了别人身上。我摔了一个狗啃屎；刚才睡得好好的玛丽哭了起来，她怕新的连衣裙给扯坏了。

"开车那家伙怎么拿到驾照的啊？"黄头发男孩抱怨说。

"怎么了？到了吗？"托马西诺迷迷糊糊地问。

"不可能到了。"那个矮小的黑发男孩说，"妈妈跟我讲过的，坐火车过了今晚，还得再过一天。"

灯熄了，火车陷入了黑暗。我听见有人在老远的车厢里哇哇大哭，可能挨打了吧？叫喊声过去之后，火车里静悄悄的，好长时间都没人说话。突然，不知道是谁，可能是那个黄头发男孩，也可能是别人。他趁着四周黑漆漆的，吓唬大家说："看吧，现在他们要把我们从火车上扔出去了，把我们丢到乌七八黑的半路上。"

"我觉得只是火车坏了。"我说，好给自己和玛丽打气。但我心里想的是帕乔琪亚说的话，她说那些法西斯在铁路上埋了炸药，准备把我们炸飞。玛丽还是无法平静，她又哭了。这时，黑咕隆咚的车厢里传来了另一个声音说："我们要么被冻死，要么被饿死。"

我赶紧捂住了耳朵，闭着眼睛等火车爆炸，但什么事也没有发生。可能玛达莱娜处理了那些炸药，把所有的问题都摆平了。毕竟她是荣获了奖章的人：她拯救过萨尼塔区的大桥呢。黑暗里，我总觉得圣赛维罗礼拜堂的那两个骨架就站在我背后，他们纤细而冰冷的手指已经碰到了我的脖颈。我睁开眼睛，把手放了下来。这时车厢的门开了，所有人一动也不动，谁也不敢说话，大家都屏住了呼吸。

"谁拉的警报器？"灯亮了，玛达莱娜站在那儿，表情很严肃，额头皱成一团。"火车可不是闹着玩的。"说完，她看了那个黄头发男孩一眼。那个男孩好像明白了什么，做出一副生气的表情。我觉得，他肯定有一点儿后悔了，后悔没把名字说出来，因为现在无论发生什么事，大家都会怪他。不过他活该。

"我们没拉！"托马西诺说，他帮那个缺了牙的男孩打圆场。"我们都在睡觉。"玛丽说。她看自己的连衣裙没有给扯坏，就不哭了。

"谁拉的自己心里有数。"玛达莱娜说，"管好你们的手，什么也别碰，不然明天把你们送到警察局里审问。"

"能让火车停下来的把手是哪个？红色那个吗？"黄头发男孩一脸狡黠。

"我又不是傻瓜，怎么会告诉你！"玛达莱娜回答说。黄头发男孩明白她的意思，一句话也不说了。"总之，从现在开始，我留在这儿守夜，这样火车就不会意外停下了！"

玛达莱娜坐在角落里，不一会儿，她的脸上又有了笑容。她发火从来不会持续很久，可能也是出于这个原因，大家才给她颁了奖吧。

9

　　除了我，大家都睡着了。我不喜欢安静。在胡同里，就算到了晚上也和中午一样：生活永远不会停息，哪怕战争来了，也是如此。我望着窗外，看见的只有废墟：翻倒的装甲车、炸毁的飞机舱，还有半塌的楼房，到处都是废墟碎片。我心里觉得很难过。有一回，妈妈给我唱了首催眠曲："睡吧！睡吧！这个宝宝送给谁……"[1]结果，我吓得困意全没了。因为这首歌唱的是，会把宝宝交给黑人带一年，但是黑人又不想要了，又甩给了另一个人，再下一个，最后根本不知道是什么下场。

　　火车偶尔也会停一停，让其他小朋友上来，他们吵吵闹闹的，又哭又笑，不过也只是一小会儿工夫。没多久，他们也安静了，只剩下火车哐当哐当的声音，也只感觉心里很难过。以前，每次我心里难过时，我都会去找老桑德拉。临走那会儿，我还把妈妈送的旧缝纫盒藏在她家的地砖下呢，里

1　托斯卡纳地区的民谣《摇篮曲》（*Ninna, Ninna Oh*）。

面全是我的宝贝。但帕乔琪亚说，老桑德拉把她的钱藏在那里，依我看，她是眼红。

托马西诺又睡着了，好像还做了个梦，每过五分钟，他就睁开眼睛踢上两脚，说一些谁都听不懂的话，然后闭上眼睛接着睡觉。他做梦了，但谁知道梦里有什么呢，也许是"森林大王"的水果摊、共产党的火炉，或者是耗子生意败露以后，回家挨了妈妈的打。总之，他能睡着可太好了，比起醒着面对噩梦，不如睡着做噩梦。老桑德拉说，如果你不瞌睡，那就没有必要睡了。我离开座位，出了车厢，在过道里走来走去，往其他车厢里看。大家头靠着头，安安静静地睡觉，像在家里一样。我想妈妈了，每天晚上，我都把冰冰的脚丫子放在她大腿上。她会说我："干什么，让我给你当烤火炉吗？把你的臭脚拿开！"可妈妈还是会揣着我的脚丫子，用手捂热，连一根脚趾头也不漏掉。等我睡着了，我的脚丫子仍然在她手里。

我往回走，但没进车厢：过道里有一把小凳子，我搬过来，靠着窗户坐下了。外面黑漆漆的，什么都看不见。没人知道我们在哪儿，离家多远了，还要多久才能到，我们甚至不知道最后会去哪儿。玻璃冷冰冰的、湿漉漉的，我的脸颊沾了水。也好，要是我哭了，也没人知道。这时玛达莱娜看见了我，她走过来摸了摸我，也许她也不瞌睡。

"为什么哭呀？"她问，"想妈妈了？"

我把泪水憋了回去，我喜欢她抚摸我。"没，没有，我才不会因为想妈妈哭呢，"我说，"是鞋子，鞋子太紧了。"

"都到晚上了，为什么不脱掉呢？会舒服一点的，还要坐很久火车呢。"

"谢谢您，我怕有人给我偷走了，不然我又得光着脚，或者穿别人穿剩下的鞋子。我再也不想穿着别人的鞋子走路了。"

10

从黑暗里射来一束光，刺得我眼睛生疼。火车钻出了隧道，圆圆的月亮把一切都笼罩在白光里。路、草木、山川和房屋都看得清清楚楚，天上还有一片片面包屑一样的东西飘下来。"是雪！"我喊出声来了，其实是想告诉自己。"是雪，是雪！"我的声音越来越大，但车厢里没人醒过来。连那个黄头发男孩也没醒，他还说我们要被带到冰房子里呢。我倒要看看，他看到苏联会有什么反应！我把头贴在玻璃上，看着一片片雪花慢慢落下，最后我也合上了眼睛。

"奶酪……鲜奶酪！"

玛丽大声嚷嚷，把我叫醒了。"亚美利哥！亚美利……快看，地上全是奶酪。路上、树上、山上全是呀！天上下奶酪了！"

夜晚过去，已经是早上了，阳光从窗户透了进来。

"玛丽，这哪儿是奶酪呀？这是雪。"

"雪?"

"水结成的块儿……"

"是货郎卖的那种吗?"

"差不多吧,但上面没有樱桃。"

我困得睁不开眼睛。火车里冷飕飕的,所有小朋友都张大了嘴巴,望着窗外白皑皑的一片,惊讶得说不出话。

"你们以前没见过雪吗?"玛达莱娜问。

玛丽摇摇头,她把雪认成了奶酪,有点儿不好意思。有那么一会儿,我们谁也没说话,仿佛雪落下来,让我们安静下来了。

"太太!"那个缺了牙的黄头发男孩说,"等到了,他们会给我们吃的吗?我快饿死了,比在家还饿……"

玛达莱娜笑了,这是她回答问题的方法:先微笑,再讲话。"意大利北方的同志正在等我们呢。他们准备了欢迎仪式,拉了横幅,请来了乐队,准备了很多吃的喝的。"

"那我们到了,他们会很高兴吗?"我问。

"他们是被逼的吗?"玛丽问。

玛达莱娜说,没人逼他们,他们很欢迎我们去。

"可我们去了,就把他们的食物吃掉了,这样他们也乐意吗?"黄头发的男孩简直不敢相信,问,"为什么呢?"

"为了**团结**。"玛达莱娜说。

"就像**尊严**吗?"我学着帕乔琪亚的样子说这个词,但我不能像她那样把话从牙缝里挤出来。

玛达莱娜解释说,团结是对别人的爱,是维护别人的尊严。"如果我今天有两根萨拉米香肠，那我会分你一根；这样的话，明天你要是有两块奶酪，也会分我一块。"

这是好事情，但我转念又想，要是北方人现在有两根萨拉米香肠，分给了我一根，那明天我怎么才能还给他们一块奶酪呢？毕竟，昨天我才有了自己的鞋子。

"我以前尝过萨拉米香肠。"托马西诺沉浸在回忆中，说，"佛利亚街有个肉食店老板送给过我一根……"

"真是主动送给你的吗？"玛丽用胳膊肘撞了撞托马西诺，比画了一下，做出小偷的姿势来。

托马西诺笑了一声，我忙着把话题岔开，我可是知道内情的。不过，好在其他小朋友突然大喊大叫，玛达莱娜才没听见。我赶紧挤到窗边，也想去瞧一瞧，看白雪覆盖的沙滩后面有什么东西。刚开始，我简直没认出来，因为这儿的大海和我们那儿的太不一样了：柔顺、平静，还有点儿灰蒙蒙的，像猫毛。

"你们也没见过海吗？"玛达莱娜问，"那你们可得好好看看了！"

"妈妈跟我说，大海什么用处都没有，只会带来病毒，让人得气管炎。"

"真的吗，太太？"玛丽问，她总是有各种忧虑。

"你们可以在海水里玩儿。"玛达莱娜回答说，"游泳，扎猛子，可以尽情玩儿……"

"北方的共产党会让我们扎个猛子吗？"玛丽问。

"当然了！"玛达莱娜说，"现在可不成，现在太冷了，要看季节的。"

"我不会游泳。"托马西诺坦白说。

"怎么不会呢?"我嘲笑他说,"你还要去伊斯基亚岛度假呢,忘了吗?"他一听,把手叉在胸前,背过身去了。

"带我们去海边,肯定想把我们淹死。"黄头发男孩插话了。但我想,他说的话可能自己都不信,他只是想把玛丽吓哭而已。

"这都是谣言,"玛达莱娜打断他说,"你们千万别信……"

"那您有孩子了吗?"黄头发男孩又问。

这是我第一次看见玛达莱娜这么难过。

"哪里来的孩子?"我帮玛达莱娜反驳说,"人家都还没结婚呢!"

"那您要是有孩子,"黄头发男孩不依不饶地说,"会让他也上火车吗?"

"你真是一点也没有搞清楚!"我说,"大家上火车是因为有这个需要,那些过得好好的孩子根本不需要来,不然算哪门子团结?"

玛达莱娜点点头,什么也没说。

"跟我说实话好不好?"玛丽一脸调皮地问,"刚才在火车站,有个金发小伙子帮您清点人数。他是不是您爱人啊?"

"什么爱人呀!"我打断她,免得玛达莱娜尴尬,我说,"他也是个共产党员,走之前我在办公室里见过他……"

"好吧,但有什么关系呢?党员就不能谈恋爱了吗?"玛丽继续问。

"可这是谈恋爱的时候吗？"我说，"他还有'南方问题'要解决，哪来时间谈恋爱……"

"爱是多面的，不仅仅是你们想的那样。"玛达莱娜说话了，"和一群不听话的捣蛋鬼待在一起，就不算爱了吗？妈妈把你们送上火车，送到很远的地方去，博洛尼亚、里米尼、摩德纳……这不也是爱吗？"

"为什么呀？把我们打发走了，怎么会是爱呢？"

"亚美利，有时候放手让你离开，也是一种爱。"

我完全搞不懂，就不再说话了。玛达莱娜说，她得去看看别的孩子，就走了。我、托马西诺和玛丽玩儿起了剪刀石头布，好打发时间。渐渐地，火车变慢了，最后停了下来。几个姑娘叫我们乖乖待着，不要吵闹，等一会儿排好队再下车，下车后也不能跑远，免得跑丢了。她们还说，要是大家都只顾着自己，那算什么团结呢？

火车进站时，乐队已经到了，还拉了一条横幅。有个姑娘跟我们说，上面写的是"欢迎你们，南方来的孩子"。他们在等我们呢。我感觉这儿就像安可圣母庆典，只是没有穿白衣服的小孩扑在地上大喊："安可圣母！"

乐队演奏的曲子那些姑娘都会唱，每两三句就会高唱："朋友再见，再见吧，再见吧。"[1]歌唱完了，她们捏着拳头伸向空中，天空灰蒙蒙的，满是稠密的云朵。托马西诺和玛丽以为，她们亮出拳头是为了大家排在一起。我解释说，这是

---

1 意大利民歌《朋友再见》(*Bella Ciao Ciao Ciao*)中的歌词。

共产党的举手礼，老桑德拉以前教过我，和帕乔琪亚教的法西斯敬礼不一样。老桑德拉和帕乔琪亚只要在胡同里遇见了，就各敬各的礼，像在玩剪刀石头布。

我和玛丽并排站着，托马西诺在我们后面，牵着一个比他稍微大一点儿的男孩。我们走到人群中间，他们挥舞着三色旗，冲我们笑，有的还在鼓掌，向我们问好。仿佛我们打了胜仗，来北方是帮他们忙的，而不是让他们帮我们。有几个留胡子的先生，戴着帽子，手里握着红旗，旗子正中央还有黄色的半圆。他们唱了一首我没听过的歌，时不时会唱："国——际——"

好些太太也唱起了歌，她们是那些先生的妻子。她们唱的我倒是听过，就是靠这首歌，玛达莱娜击败了帕乔琪亚。而且这首歌唱的是无畏无惧的女人。虽然她们是女人，但她们无所畏惧，不过也可能恰恰因为是女人，她们才无所畏惧，我可不知道这是为什么。大家一个劲儿唱，歌声越来越嘹亮，好多人眼里都泛着泪花。有些歌词我听不懂，但我敢肯定这首歌的主题是妈妈和孩子。因为我觉得，那些和我们一起坐火车的年轻女士，还有北方的女党员，她们看着我们，冲我们微笑，就好像我们真是她们的孩子。

我们跟着他们走进了宽敞的大厅，里面插满了三色旗和红旗。大厅中央有一张长长的桌子，摆满了各种各样的美食，简直就是上帝的恩赐：奶酪、火腿、萨拉米香肠、面包、意大利面……我们正要扑上去，有个姑娘说："孩子们，先别抢，每个人都会有的。你们会拿到满满一盘吃的，还有餐具、餐巾和水。你们到了这儿，就不会挨饿了。"

托马西诺用胳膊肘撞了我一下，说："说什么共产党会吃小孩子。在这儿，他们要是不留神，没准就会被我们吃掉！"

我们都在埋头吃东西，整个大厅都没人说话。我、托马西诺还有玛丽，我们仨坐在一块儿。每个人都拿到了一片火腿和三块奶酪。火腿红彤彤的，上面有白色的斑点。而奶酪呢，一块黏糊糊的；一块硬邦邦的，像石头一样；还有一块臭烘烘的，像脚丫子味儿。我们相互看了一眼，犹豫了。虽然我们饿得两眼发光，但谁也不敢吃。这时玛达莱娜来了。

"怎么啦？不饿了吗？"

"太太，这些吃的是不是放得太久了，北方人才拿给我们吃？你看，这香肠上面有白色的斑点，奶酪也发霉了。"玛丽说。

"他们绝对想毒死我们。"缺三颗门牙的黄头发男孩说。

"老实说，要是我不怕得霍乱，难道我不能在海港里挖贻贝吃吗？"托马西诺说。

玛达莱娜拿起一片有白斑的香肠，放进嘴里。她说，我们可得习惯新口味：猪肉大香肠、帕尔马奶酪、绿毛奶酪……

我鼓起勇气，尝了一口香肠，托马西诺和玛丽看着我，一下就明白这东西很好吃。于是他们也开动了，简直停不下来，盘子都快被我们舔干净了。我们吃掉了黏糊糊的奶酪，和长有绿毛的奶酪，最后我们把那块硬邦邦的奶酪也塞进了嘴里，又咸又硬，有些难嚼。

"他们没有水牛鲜奶酪吗？"托马西诺问。

"那你要回老家才吃得到。"玛达莱娜打趣说。

这时有个女党员推着餐车过来了。餐车上摆满了小小的杯子，里面装着白色的球，看起来很滑腻。

"是鲜奶酪，是鲜奶酪！"玛丽一下子喊了出来。

"是雪，是雪！"托马西诺叫道。

我拿起小勺子，挖了一丁点儿，放进嘴里，冰冰的，有牛奶和糖的味道。

"是放了糖的鲜奶酪！"玛丽争辩说。

"是牛奶刨冰！"托马西诺说。

玛丽吃得很慢，最后留了一小块在杯子底。

"怎么啦，不喜欢冰淇淋吗？"玛达莱娜问。

"不太喜欢……"玛丽说。但大家都知道她在说谎。

"那把剩下的给托马西诺和亚美利哥吧……"

"不！"玛丽大叫，眼泪涌了出来，"我想把最后这点儿留着，等我回家时，带给哥哥和弟弟，我想把它藏在衣兜里。"

"冰淇淋可不能这样带着，会化掉的！"玛达莱娜说。

"要是化掉了，那我怎么才能搞团结呀？"

玛达莱娜从包里掏出五六颗糖果："给你，用这个搞团结会更好点儿。这个你可以留给哥哥和弟弟呢。"

那些糖果仿佛是钻石，玛丽接过来，赶忙装进了兜里。她把最后一勺冰淇淋也吃掉了。

11

　　几个年轻女党员叫我们坐在一排排长椅上。她们拿了黑色登记簿，对着衣服上的编号，问我们姓什么、叫什么，然后记在本子上。"玛丽亚·安尼加里科?"有个姑娘问玛丽，玛丽点点头。那姑娘给她胸口别了根红色的别针，转过来又对托马西诺说:"托马西诺·萨波里托?"托马西诺一下站了起来，大喊:"到!"那姑娘帮他系好鞋带，别了胸针，然后走了。"我是斯佩兰萨。"我喊了她一声，那姑娘转过来，翻开登记簿找到我的编号，在旁边写了点什么。"别针呢?"我问她，但她已经要走远了。"没啦，等会儿还有其他同志会过来，别担心。"

　　我等啊等，但谁也没来，我开始担心了。

　　北方的家庭陆陆续续来了，有些夫妇牵着自己的孩子，有些是先生或太太单独来的。每次妈妈生气了，就会跟我发火说:生个什么样的孩子，可真没法选。但这里就不一样了，那些没孩子的夫妇看起来很兴奋，好像在这儿能领到自己的孩子似的。

北方人比我们那儿的人高一些，壮一些，他们的脸颊白里透红。我觉得，说不准是火腿吃太多的缘故，那些火腿上有白色斑点。过些日子，也许我也会变成这样，长得更高更壮。回到家以后，妈妈肯定要说："比狗尾巴草还长得快！"妈妈可不擅长夸奖别人。

刚才那个拿黑色登记簿的姑娘回来了，她带着一对夫妇，来到一个小姑娘面前。在我前面还有三个小孩。那小姑娘头发很长，眼睛是天蓝色的，她很快就被领走。可没人到我这儿来，因为我是光头吗？那对夫妇领着金发小姑娘走了。这时，那个姑娘领着一个身材丰满的红头发太太走了过来。她们恰好停在我对面，那儿坐了两个小女孩，栗色头发，扎着辫子，她俩可真像，说不定是姐妹。结果那个红头发太太左手牵一个，右手牵一个，把两个小女孩都领走了。

我往托马西诺和玛丽身边挪了挪说："我们假装是三兄妹吧，也许他们会把我们一起带走。"

"亚美利，这是北方，他们又不是瞎子。你的头发是红色的，我的是黑色的，玛丽的头发又黄又短，跟稻草似的。难道他们看不出来吗？你说说我们哪里像三兄妹啊？"

托马西诺说得对，是我什么也不懂。其他小朋友和新爸爸妈妈走了，我们还留在这儿。我们是黑炭儿、红头发小坏蛋和不讨人爱的小黄毛，谁也不喜欢我们。

人走得差不多了，大厅变得更宽敞、更阴冷了，每个细小的声音，听起来就像打雷一样。我在长椅上挪了挪位置，弄出了好大的动静。我特别羞愧，恨不得找个地缝钻进去。我和托马西诺，还有玛丽，我们仨连开口说话的勇气也没了，只得伸手比画。托马西诺伸出大拇指和食指，像一把手枪，左右晃了晃，意思是说："根本没我们的份儿。"玛丽则五个指尖朝上，合了起来，上下晃晃，她在说："那我们跑到北方来干什么呢？"我耸耸肩，摊了摊手："我哪儿知道啊？"托马西诺扬了扬眉毛，把手心转向我："难道你不是'诺贝尔'吗？"好吧，好吧，以前在胡同里我确实是"诺贝尔"，但现在我们到北方了，我什么也不是。我心里虽然这么想，但没手势可以表达出来，所以我学着"大铁头"的样子，把头仰着，像吐烟圈似的吐了口气。

玛达莱娜站得远远地，她看着我们，也比画起来。她两手向前推，意思是："再等等吧，一会儿就到你们了！"我已经想象到了因为没人要，我被送回家时妈妈是怎样的表情。"北方人也知道你没法要吧！"妈妈肯定会这样说，她不擅长安慰别人。

总算有个姑娘带着一对夫妇往我们这边走了。他们站在我们面前，那个太太戴了头巾，裹着乌黑的头发，头发颜色跟我妈妈一样。她个子不高，身材苗条，皮肤黝黑。她盯着我们仨看。我赶紧坐直了，还整理了一下头发。她敞开外套，露出里面的碎花裙子。"我妈妈也有一件差不多的裙子，不过只在过节时穿。"我想吸引她的注意，但她没听懂我说的话。她猛地把头转向了那个姑娘，动作很像帕乔琪亚养的母鸡。"那件衣服……"我说，但语气没刚才那么肯定了。那个姑娘挽着她的胳膊，小声跟她说了几句话，把她带到别的小朋友那里去了。

托马西诺看着我，玛丽也看着我，我低头盯着褐色的鞋带，没有勇气抬起头来。来这儿之前，我以为只要穿上新鞋子，就可以想去哪儿就去哪儿了，但鞋子有点儿紧，我也只能留在这儿，谁也不想要我。

玛达莱娜站在大厅另一边，望着我们，走到两个姑娘跟前，指了指我们。接着她们绕着大厅走了一圈，和这个说说，也和那个讲讲。最后有对年轻夫妇过来了，后面还跟了个先生，留着花白的胡子。那对夫妇冲玛丽笑了，年轻妻子的头发是金色的，她伸手摸了摸玛丽的头，难过地瘪瘪嘴，好像觉得玛丽现在这副学徒工的样子是她的错。她看看丈夫，蹲下来问玛丽："你愿意跟我们回家吗？"

玛丽不知道说什么才好。我赶紧用胳膊肘撞了她一下，要是不说话，别人准觉得她不讨人喜欢，还会把她当成聋子，就没人要了。于是，她使劲点点头。

"你叫什么名字呀？"那个女士问，把两只手都搭在玛丽的肩膀上。

"玛丽亚。"她把手藏在背后，用意大利语的调子回答说。

"玛丽亚，多好听的名字呀！拿着吧，玛丽亚，这个是给你的！"那个太太拿出了一个铝盒子，里面装满了饼干和糖果，还有一串珍珠手镯。

玛丽什么都不说，还是把手藏在背后。

那个女士有些疑惑，问："玛丽亚，你不喜欢糖果吗？

64

拿着吧，这是送给你的……"

玛丽鼓足勇气说："不行呀，太太。我听别人说，要是把手伸出来，就会被砍掉的。那以后我怎么帮鞋匠爸爸干活呢？"

年轻夫妇相互看了一眼。那个太太把手伸到玛丽背后，紧紧握住了她的手说："别怕，我的孩子，你的小手多漂亮呀，谁也不会伤害它们。"

玛丽听到"我的孩子"，马上伸出双手，把盒子接了过来。"谢谢！"她说，"为什么要送我礼物呢，太太？还没到我的命名日呀？"

年轻夫妇眯着眼睛，皱了皱眉头，我觉得他们没明白。幸好玛达莱娜过来了，她解释说，玛丽以前只在命名日会收到礼物。

玛丽觉得特别不好意思，她怕那个太太改变主意，不要她了，她赶忙把手放在那个太太的掌心里。不过，年轻的妻子并没有改主意，她的心都要融化了。她说："我要送你好多好多礼物！让你都想不起来命名日，我的孩子！"

关于命名日的话，我不是很懂，玛丽也不怎么懂。她紧紧拉住那个热情的太太，丝毫不肯松开。我觉得，玛丽可能想起了她过世的母亲，愿她安息。玛丽潇洒地和我们说了两声"再见"，跟着那个女士走了。整个大厅里就剩我和托马西诺了。

刚才和那对夫妇一起过来的先生，留着花白的胡子。他走到托马西诺面前，伸出手，像开玩笑一样说："我是里贝罗,很高兴认识你!""我也是'里贝罗'[1]……"托马西诺回答说,也伸出了手。两人握握手,尽管胡子先生没搞明白,但还是继续说:"这位晒得黝黑的小伙子愿意跟我走吗?"

"会很累吗?"托马西诺问。

"怎么会呢,我有辆小车停在外面,最多半个小时就到了。"

"汽车?您是司机呀?"

"你说什么啊?我算是明白了,这位小朋友喜欢开玩笑,可真逗!跟我走吧,吉娜已经做好热腾腾的饭了,她在等我们呢。"

听到"热腾腾的饭",托马西诺像泥鳅一样,不假思索从凳子上蹦了起来。

"再见,亚美利,祝你好运!"

"再见,托马西诺,你要好好的……"

1　在意大利语里,这个词的意思是"闲着""空着"。

12

托马西诺也走了，就剩下我一个人了。我坐在长椅上，鞋子有些紧，脚很难受，心里也很难过。

我把手指头按在眼皮上，想让眼泪止住。还在火车上时，我和其他小朋友一起，有人哭，有人笑，有人到处跑，那会儿我觉得我和去美国的父亲一样坚强。每次托马西诺和玛丽怕得要命，我就假装是个大人，和他们聊天，讲笑话，我可是"诺贝尔"呢，但现在我好伤心。我想起有一回，我在梅格丽纳路上吃了口蘸了胡椒的猪油面包片，咬下去那一瞬间，我觉得嘴里好疼，结果有颗牙齿落到了我手里。我跑回去找妈妈，但她和"大铁头"在一块儿，没时间管我，我跑去找老桑德拉了。老桑德拉叫我坐下，她拿了泡腾粉兑在水里，还加了几片柠檬拿给我喝，好消消毒。她说："到了你的年纪，牙齿会一颗颗掉下来，掉了之后，还会长出新的。"

好吧，现在我觉得自己好像一颗掉下来的牙齿，但原本的位置只剩下空空的洞了，新牙齿还看不到呢。

我东瞧瞧，西瞅瞅，也许那个穿红色碎花裙子的太太会后悔，会回来把我接走。也许她想先看看所有小朋友，然后再做打算。我们去买水果时，老桑德拉总说：千万别在第一家买！要把所有水果摊看一遍，看哪家最新鲜。老桑德拉会站在装甜瓜的篮子前，先看看，再闻闻，还要伸出拇指和食指捏捏，看看瓜熟了没有。也许那个太太也是这样选孩子的，他们想要摸一摸，才能明白孩子是好是坏。

　　穿红色碎花裙子的太太和她丈夫在大厅里走完整整一圈了，陪他们的是那个拿黑色登记簿的姑娘，他们好像在找人。我打直了背，坐得笔直笔直的，一句话也不说，大气也不敢喘。我仔细看了看她：她长得不像我妈妈。可能只是因为她也不笑，我刚才这么觉得。他们好像要出去了，可能是因为没找到好果子，才改了主意。结果那个拿黑色登记簿的姑娘把他们领到大厅的一个角落去了，那个缺了牙的金发男孩坐在那儿。我都没注意到他也还在，我以为只剩下我一个人了。我坐得远远的，看见那个姑娘凑近了去读他衣服上的编号。可那个小朋友看都不看她一眼。他盯着自己的指甲，他的手已经变回洗澡之前的样子了，黑不溜秋的。那个黑发太太的丈夫跟男孩说了些什么，但他没答话，只是点了点头，好像是人家求着他似的。后来他站起来，跟着那对夫妇往出口走。出去之前，他转头冲我坏坏地笑了，仿佛在说："就算我没告诉他们我叫什么，也照样有人会要我，但没人要你。"

　　这真是一笔好买卖啊！要是让老桑德拉选，才不会选他

68

呢……但他说得有道理，只有我没有人要。

玛达莱娜在大厅另一边，她在和一个女党员说话。那位女同志穿着灰裙子和白衬衫，外面套了件大衣。她肯定是来把剩下的小孩送回去的，因为她胸口别着党徽，一脸严肃。她的头发是金色的，但和老桑德拉不一样，是一种更好看的金黄色。玛达莱娜把手搭在她肩膀上，朝我这边指了指。她头也没转，只是点点头。我觉得她在说："行，行。"或者说："好吧，我来办。"她俩走过来了。我整理了一下外套，站了起来。

"我是德尔娜。"她说。

"我是亚美利哥·斯佩兰萨。"我说，我学着托马西诺和花白胡子先生握手的样子，伸出手，她轻轻握了握。

这个女士不爱说话，她急匆匆地想把我带回家。玛达莱娜吻了我的额头，跟我告别说："乖乖的，亚美利，我把你交给了一个好人。"

"我们走吧，孩子，很晚了。一会儿赶不上班车了。"说完，她牵着我的胳膊，让我跟在她身后。我们匆匆忙忙走了出去，像小偷一样匆忙，好像生怕被警卫抓住。我们紧紧靠在一起，步伐也很一致，不紧也不慢，就这样我们走出了火车站，来到一个铺满红砖、上面种满树的广场。

"我们在哪儿呢？"我满脸疑惑地问。

"这儿是博洛尼亚，一座美丽的城市，但我们得回家了。"

"您带我回家吗，太太？"我问。

"当然了，孩子。"

"不坐火车吗?"

"坐班车要快一些。"

"那我们走吧。"我说。

　　等车的时候,我在发抖。"冷吗?"她问我。我感觉全身都在抖,但我不知道是因为冷,还是因为害怕。那个太太敞开大衣把我裹了进去。"这么冷的天气,湿气这么重,他们把你们送上来,也不给穿件外套,我的天……"

　　其实是我们自己把外套从火车窗户扔出去的,妈妈会把外套给别的孩子穿,但我没说。我已经想象到了,等我被当作废品退回去时,我妈妈是个什么表情了。想到这儿,我把手插到了裤兜里,我发现妈妈给了我的苹果还在兜里呢。我把苹果掏了出来,但没有吃掉,我没什么胃口。

　　"一张全票和一张半票。"班车来了,那个太太跟售票员说。我们上了车,坐在一起。新鞋子让我很不舒服,虽然穿了一天了,但我觉得好像穿了一年。班车出发了,天色昏沉沉的,我累坏了,闭上了眼睛。快睡着时,我偷偷把鞋子脱掉了,鞋子落在座位下面。现在它们有什么用呢?我打光脚来,现在我也可以打光脚回去。

第二章

13

我睁开眼睛,什么都看不到。我伸了伸脚,想碰碰妈妈的腿,我想在黑暗里找一束光。以前,每天早上都会有阳光从百叶窗的缝隙里射进来。但我什么也没摸到:床上空空的,我坐在正中间,四周一片漆黑,一丝阳光也没有。我下了床,地板冰冰的,我伸手在黑暗里摸索房门,结果咚地撞到了桌角。我疼得坐在地上,用手揉揉膝盖,好让疼痛过去。"妈妈,妈妈!"我大声喊道。没人回应我,四周依然静悄悄的,和胡同里完全不一样。"妈妈。"我又小声地喊了一次。黑暗从四面八方把我团团包住,我不知道自己到底醒着,还是在做梦。我的心怦怦直跳,什么也想不起来。我原本是和一个金发太太坐在班车上的,她要把我带回家,我应该中途睡着了,所以才在这个陌生的床上醒来。

门外有动静了,声音离我越来越近。门开了,光照了进来,不是我的妈妈安东妮耶塔,而是那个送我回家的太太。"做噩梦了吗?"她问,她没穿灰裙子和白衬衫,看起来不像党员了。"我不知道,我不记得了。""喝杯水吗?我去厨房拿……"我没答话。她好像有点儿冷，把手叉在胸前，肩膀抖了抖，要走开来。"太太。"我叫住她，"您把我带到苏联了吗？"她摊摊手，大声说："到苏联去？可怜的孩子！南方那些人都说了什么啊？我的天，简直比噩梦还可怕！"

周围还是黑漆漆的，我看不清她的脸，我觉得我惹她生气了。她走到我跟前，摸了摸我的面颊，她的手冰冰的。"相信我，你在摩德纳，不在苏联。大家都会很爱你，你找到家了……"

这不是我家，况且妈妈跟我说过，千万别相信任何人。我想了想，什么也没说。"我去给你拿水。"她说。

"太太……"我嘟哝着，她的身影快消失在黑暗里了。

"说吧，孩子，你得叫我'德尔娜'，我跟你说过的……"

"别走，我害怕……"

"我把门打开，这样有光照进来。"说完她就走开了。

我又是一个人了，房间里黑漆漆的，睁着眼睛和闭着眼睛没什么区别。不一会儿，她端着一杯水过来了，水冰冰的，我小口小口慢慢喝着。"放心喝吧，我们可没在井里投毒，他们是不是也对你说了这些？"她问，但语气怪怪的。"没有，没有，对不起。"为了不让她生气，我马上回答说，"只是妈妈总跟我说：'慢慢喝，可别呛着了！'"

可能她觉得自己说错话了，她不太高兴了。"好吧，孩子。"她的语气倒缓和了不少，说，"你运气不太好，只能跟着我了，我一点儿也不懂养孩子。我没有孩子，但我堂姐有，她叫罗莎，有三个小孩子，她很在行。"

"别担心，太太，没什么的。我妈妈有两个儿子呢，但她也不擅长带孩子……"

"哦，你意思是说你有个兄弟？"

"没有，我是独生子。"

她不说话了，也许还在为刚才说"水有毒"的话不高兴。

"明天早上，我带你去见见罗莎的孩子吧，小朋友就要和小朋友玩，不用和我们这些'太太'待在一块儿。"

我有点儿难为情，因为我不好意思直接喊她的名字。

"他们跟你差不多大，肯定会喜欢你的。不过，你现在多大啦？我都还没问过呢……你看，我都是怎么招待你的！"

这位太太跟我道歉了，但我应该向她道歉才对。我来这儿，到她家来了，睡在她的床上，还大半夜把她吵醒了。"下个月我就八岁了。"我回答说，"我不怕黑，有一回我被关在礼拜堂里，里面有死人骨架呢！"

"真棒，你是勇敢的男孩子，什么也不怕。"

"其实，我也有害怕的东西。"

"怕把你带到苏联？"

"不是的，太太。我也不相信苏联这码事儿……"

"我确实去过苏联，和党内的同志一起去的……"

"我没有和小伙伴分开过，这是第一次，所以我有点儿害怕。"

"很正常：新环境，新事物……"

"不，太太，我不习惯一个人睡。我家只有一张床：我和妈妈睡在床上，'大铁头'的咖啡放在床下。他给警察抓走前，都是这样的。但这事儿我没跟任何人说过，这是个秘密，不然妈妈准会骂我。"

她在我身边坐了下来。她身上的香味和妈妈不一样，要更甜一点儿。"那我也给你说个秘密，市长问我能不能带一个孩子回家，我说的'不能'，因为我很害怕。"

"您怕小孩吗？"

"我不知道怎么安慰他们。我懂政治，也明白怎么工作，甚至我还会一点拉丁语。但关于小孩子的事，我就什么也不懂。"她一边说，一边盯着墙看，和我妈妈自言自语时一样，"而且，这些年我的脾气也变坏了。"

"可您还是带我回来了呀。"

"我本来是去车站帮忙的，看看活动顺不顺利。结果克里斯库洛同志跟我说，来接你的那对夫妇出了状况。那个太太早产了，所以没人能来接你了。"

"所以后来剩下我一个人！"

"我看到你孤零零坐在板凳上，漂亮的红头发，脸上还有可爱的小雀斑，我决定带你回来。我不知道这样做好不好，也许你更想要一个真正的家庭？"

"我不知道，到现在为止我只有我妈妈。"

她摸了摸我的手，她的手冰冰的，皮肤也有些开裂。她几乎不笑，但她愿意领我走。

"我原本以为，最后只剩下我了，是因为没人要我。"

"不会的，孩子，一切都事先安排好了。我们忙了好几个星期：每个孩子都会有一个家。"

"不是他们自己选的吗？"

"当然不是了，这又不是水果市场！"

我有点儿不好意思了，我之前就是这么想的。

"现在你得睡觉了，明天我要上班。我在这儿待会儿吧，在你旁边。可以吗？"她躺了下来，我不知道这样好不好，但我还是给她分了一点儿枕头。我的脸碰到她的头发，软软的。

"我给你唱首催眠曲？"可我听到催眠曲就会难受，但我没说，免得让她又发火。"好。"我闭着眼睛说，把一只脚贴在了她的大腿上。真希望不是那首"宝宝送给黑人带一年"的歌，要不然我准吓得哭起来，明天他们就把我扔到火车上送回去。她想了想，唱起了歌。在车站的时候，我听到过这首歌，每两分钟就会唱：啊，朋友再见，再见吧，再见吧。

她唱完了，我安安静静躺了一会儿，问："太太，我的脚丫子冰冰的，放在您腿上，您会不高兴吗？"

"不会的，孩子，没关系。"

渐渐地，困意来了。

14

"亚美利，亚美利哥，醒醒！你哥哥路易吉要回来了。快起床，快点儿啊，这是他的位置。"我眼睛还没睁开，问："那我呢？你把我放哪儿呀？""你？"妈妈说，"你在北方呢，在那个太太家里……"

我睁开眼睛，原来天已经亮了。床对面有扇窗户，外面是黑褐色的土地，还有冻得干巴巴的树枝，上面挂了几片枯叶。周围没别的房子，没人从这儿过，一点儿声音也没有。

厨房在走廊尽头，那个太太背对着我，边做早饭，边听收音机。以前我在那些有钱人家见过收音机，有时候他们会送我一些破布呢。桌子上放了面包、一罐子果酱、一杯牛奶，还有一大块奶酪。托马西诺在花白胡子先生的家里，会不会也有这些好吃的？我发现，所有的刀叉、勺子、杯子和盘子都是同样的款式，同样的颜色。

她又换上白衬衫和灰裙子了。她还没看到我，我本想叫她，但有点儿难为情，她和昨晚不一样了。广播里有一个男人语速飞快地说着：孩子、招待、火车、疾病、共产党、南方、贫穷，这些词都好像是在说我。她正在切面包，突然停了下来，听着广播，叹了一口气，像"大铁头"一样，但没有烟圈，然后她又继续切面包。

没一会儿，她转过身，被我吓了一跳："啊，你在这儿啊!""我刚进来。""我都没听见。饿了吗？我准备了点儿吃的，不知道你喜不喜欢。""我什么都喜欢吃。"我说。

吃饭的时候，我们什么也没说。她只有晚上会说很多话，白天就不会。但我已经习惯了，我妈妈安东妮耶塔也不爱说话，尤其在大清早的时候。

我吃完了早饭，那个太太说她得去工作了。她会把我送到她堂姐家去，就是那个有三个孩子的罗莎，等她下班了就来接我。我说："好的。"但心里又一阵阵难过。妈妈把我交给玛达莱娜，玛达莱娜把我交给德尔娜，现在德尔娜又要把我送到她堂姐罗莎家去，谁知道罗莎会把我送到哪儿呢，这和"黑人催眠曲"里的故事一样。

我回到睡觉的那个房间，从窗户往外看，天空、稻田和树都不见了。我用手擦了擦玻璃，但还是看不见。原来不是玻璃脏了，是外面的烟雾把一切都藏起来了。我坐在床边。"要我帮你穿衣服吗？"她问。我没看见来那会儿穿的衣服，我原本装在兜里的苹果，也放在书桌上了，那是妈妈给我的。"谢谢，我自己来吧。"我说。床旁边有一个深色的木衣柜，那位太太取出了几件衣服：羊毛衫、裤子和衬衫。这都是罗莎大儿子的，现在归我了。"我觉得都是新的。"我说。书桌上还有几个本子和一支笔，她说我还得去上学。

"又去啊？我已经上过学了！"我抱怨说。"要去的，每天都要去。你呀，又不是什么都懂了！""对啊，没人生来就什么都懂。"说完我们都笑了，这是我们第一次一起笑。

我穿上新衣服，照了照镜子。镜子里的男孩跟我还挺像，但那不是我。那个太太给我套了件外套，戴上了帽子，叫我等一下，然后去另一个房间拿了一枚红色的胸针过来。胸针上有榔头和黄色的圆圈，跟她身上别的那个一模一样。她坐在我身边，帮我把胸针别在外套上。胸针上的图案，跟我在梅迪娜大街的共产党办公楼里看到的一样，现在他们把我也变成共产党了。不知道那个金发小伙子有没有解决"南方问题"，我时不时会想起他。"准备好了吗？"她问我，用指尖摸了摸我的小雀斑。"准备好了，太太，呃，我是说……德尔娜。"她的表情变了，跟中彩似的高兴。

我们手牵着手出发了，德尔娜的步子不像妈妈那么快，她不会把我丢在后面。当然了，也可能是我走得很快，怕一个人留在了灰蒙蒙的烟雾里。

15

"北方人都抽烟呀！连路也看不见了。"

"这不是烟，是雾。"她说，"你害怕吗？"

"我不怕。我觉得挺好玩的，有些东西先藏着，后来突然冒出来，挺惊喜的。"

"罗莎家到了。天气好的时候，你从你房间窗口就能看到她家房子。不过要是起雾了，就看不见了，消失了。"

"有好几次，我也想消失，但我们南方没有雾。"

德尔娜按了门铃，我看见门铃旁边有块小牌子。"上面写的什么呀？"我问。"本韦努迪。"[1]她说。"是给我们写的吗？""不是，是我姐夫的姓。"说完她笑了。

开门的是个男孩子，褐色的头发垂到肩膀上，他眼睛颜色很浅，两颗门牙之间还有一条小缝儿。他和德尔娜拥抱了一下，吻了吻她的脸，然后他又拥抱了我，亲了亲我的面颊。"你就是坐火车来的小朋友吗？我没坐过火车呢。火车

1　意大利语里，本韦努迪有"欢迎"的意思。

是什么样的呀？"

"很挤的。"我回答说。

"这个夹克是我的，我去年冬天才穿过。"另一个男孩从走廊尽头跑出来了，边跑边喊。他跟我差不多高，眼睛是黑色的。

"什么我的你的……这能说明什么问题？谁需要就是谁的。"一个高高瘦瘦的先生责备他说，他胡须有点泛红，眼睛是天蓝色的，"罗莎，你瞧瞧你是不是养了个小法西斯？"

"你们就这样欢迎这个可怜的孩子吗？他已经吃了不少苦头了！"那位先生的妻子在旁边说，她怀里抱着小宝宝，示意我跟她到客厅去。"我们还没有自我介绍呢：我是德尔娜的堂姐罗莎，留着胡子的先生是我丈夫阿尔基德，他人很有趣。这几个是我们的孩子：里沃，十岁了，卢吉奥，快七岁了，还有纳利奥，不满一岁。"

可这些名字是什么意思，我完全搞不懂，我要让他们说三遍才能记住。我们那儿的人都叫朱塞佩、萨尔瓦多雷、米莫、阿伦吉娅塔或莱农琪亚。他们都有绰号：老桑德拉、帕乔琪亚、森林大王和狗鼻子……没人记得住本名。比如我，要是问我"大铁头"叫什么，姓什么，我准说不出来。

这里就不同了。几个小朋友的父亲说，名字是他自己造的，不是取日历上的圣人名字，他可不信这些。他信日历，但不信上帝，反正他是这么说的。他一口气把名字连在一起，全喊出来了："里沃——卢吉奥——纳利奥！[1]"然后看着

1　三个孩子的名字连起来，意思是"革命者"。

我，好像在等什么似的。我知道，他想看我有什么反应。他自顾自地哈哈大笑，胡子跟着抖起来了。胡同里，我认识的人都没有留胡子，除了帕乔琪亚，但她是女人，不算。为了讨这个胡子先生欢心，我也笑了，不过我是假装的，因为我不知道笑点在哪儿。

德尔娜说晚点儿再来接我，她打了声招呼就去上班了。罗莎的丈夫也要走。他要去一个有钱人家，那家孩子都是音乐学院的学生，阿尔基德要去给他们的钢琴调音。"我在家的时候，也经常去音乐学院！"

阿尔基德突然变得很严肃，他和他的胡子都看着我，说："你会哪种乐器呢？"

我的脸红得发烫。"堂·阿尔基德先生，我哪种乐器都不会。我去音乐学院时，只能坐在外面听飘出来的音乐。我经常去那儿等我的朋友，她叫卡罗丽娜，会拉小提琴，她说我有音乐耳朵。"他捋了捋胡子。"你认识音符吗？""认识。""所有的？七个？""对。"我回答说，我说这都是卡罗丽娜教我的。他好像有点开心，跟我保证，说有机会的话，一定带我去琴行。"我能摸摸键盘吗？"我问。"我的孩子对音乐都不感兴趣。"他说，"还好你来了，这也不坏，对吧，罗莎？"

卢吉奥做了个鬼脸，就好像在说：这可是新人新事儿。

"要是你能成为一个得力助手，我还会给你开工资呢！"

"我已经拿了一年的工资了。"里沃露出洁白的牙齿和门牙之间的缝儿，说，"我在牛棚帮忙，给奶牛喂水。"

"所以你一身牛粑粑味儿，臭烘烘的。"他弟弟笑话他。

"我们这儿每个人都要干活，大家都有事儿做。"他们的父亲说。

"堂·阿尔基德先生，我有个朋友，他叫托马西诺，我们常常去捡破烂，可我更愿意做钢琴的工作。这样我就不会秃头了！"

他挠挠有些发红的头发，伸出手来说："那我们一言为定哦，我找到助手了。不过你可不许再叫我'堂·阿尔基德先生'了，我又不是神甫！"

卢吉奥轻蔑地笑了起来。

"如您所愿！"我说，"那我应该叫您什么呢？"

"你可以叫我爸爸。"他干脆地说。

卢吉奥不笑了，我也笑不出来了。

16

"再见，爸爸，晚上见。"里沃陪阿尔基德走到门口，吻了他一下。卢吉奥从兜里摸出颗弹球，扔到走廊上，弹球在地上滚来滚去。我什么也没说，向阿尔基德挥挥手，算是说了"再见"。我没法开口叫他"爸爸"，因为我觉得像在开玩笑。以前在胡同里有一个高高胖胖的男人，每次我和托马西诺见到他，就跟在他后面大喊："胖爸爸，爸爸胖，你就是一个大胖胖爸爸！"可阿尔基德不是我父亲，我怎么能叫他"爸爸"呢？

罗莎要到田里去收菜，里沃拎着桶去给奶牛喂水。他说他们有个菜园，还有几只动物，母鸡没多少，但能下很多蛋。他在学怎么挤奶，挤奶可是个细致活儿。里沃懂的事儿很多，他想把所有事都给我解释清楚：水、肥料、从奶牛身上挤出来的牛奶，还有牛奶做的奶酪。牲口不是自己的，是和别人家共有的，大家一起照料这几只家畜，最后有了收获，有一部分大家自己吃，一部分拿到市场去卖。我真想跟他说，我和托马西诺也去过集市，我们是做耗子生意的。但里沃不听我说话，他自己讲个不停，最后他穿上了外套和靴子，到外面去照顾奶牛了。他问我想不想和他一起去田里看看那些动物，我没说"想"也没有说"不想"。我觉得，帕乔琪亚说得对，我们给送到这儿，是来干活儿的。

"里沃，你别说个不停。让他安静一会儿呗，他还要适应适应，他才来！亚美利，你看他跟机关枪似的。"

"他像什么？"

"像机关枪，意思就是说，他一点儿也不会保持沉默。"

"啊，我明白了。我妈妈总说：我是上帝对她的惩罚！"

里沃笑了，我也跟着他笑了。卢吉奥没笑，他继续玩着他的弹球。罗莎拿出一双脏兮兮的鞋子，上面沾满了泥巴。她打开门正要出去，转过头说："卢吉奥，你弟弟醒了的话，就过来叫我。"说完就出去了。没一小会儿她又进来了，说："给新朋友也拿个弹球吧，你们可以一起玩儿。"

只剩下我两了，卢吉奥把弹球揣到兜里，自己去玩了。我想去找他，但没找到。屋子里没有雾，要么是他藏起来了，要么是他消失了。房子很大，我站在厨房里，头顶有几根木头横梁，上面挂着萨拉米香肠和整块火腿，就像佛利亚大街的香肠店。厨房里有个壁炉，生了火，特别暖和，罗莎把小宝宝留在摇篮里睡觉。我听见弹球在地上滚动的声音了，一声、两声、三声……声音是从另一个房间传来的，离厨房挺远。我掰着手指头数数，要是数到了十个十，准有好事情发生，说不定那个滔滔不绝的哥哥就回来了，会带我去看看牲口。时间一点点过去了，壁炉里的火焰变得越来越小，最后熄灭了，弹球声音也听不见了。我从窗户探出头，看看是不是有人回来了，可我看到的只有雾。

"卢吉奥。"我喊了他一声，可他没听见。也许听见了，只是不想回应我而已。厨房里有个餐柜，后面放着架梯子。我把梯子都拉出来了，靠在墙上，我以前从来没有爬过梯子。帕乔琪亚以前说过，从梯子下面钻过去的话，准会倒霉。我踏上一只脚，试试梯子结实不结实，然后再踏上了另一只脚。越往上面爬，我越觉得自己很高，也很强大，我甚至都忘了我一个人留在这儿。我爬到最高的位置，想摸摸天花板，我伸出手，好不容易才够到了横梁，有点粗糙，还微微发热。我的脸蛋不小心碰到了萨拉米香肠，香气入鼻，我都要流口水了。除了萨拉米香肠，还有长了白斑的火腿呢，和车站吃到的一模一样。都是上帝的恩赐呀，谁见过这么多好吃的呢！我用指甲在肉皮上抠了抠，能感觉到下面软软的肉。我拿手指头往里面一戳，然后拔出来，把手指头放在嘴里。每戳一次，就弄到一点儿肉，洞被我戳得越来越深，都快挖不到肉了。于是我换了个位置，继续戳新的洞，结果火腿上被我戳了好多窟窿。

"小偷！"有人在我背后大喊，"你是来我家偷东西的！"

我猛地转过身，一下子失去了平衡，沿着梯子滑了下来。虽然梯子没那么高，但我是背朝下摔下来的。躺在摇篮里的小宝宝醒了，哭了起来。卢吉奥瞥了我一眼，抬头看了看香肠。他低下头直勾勾地盯着我，用脚尖轻轻踢了我一脚，就像踢一只虫子，检查是不是还活着。我一动不动，哼唧了一声，卢吉奥扭头跑掉了。纳利奥还在哭，我怕罗莎突然进来，她会觉得是我把宝宝弄哭的。

"卢吉奥，"我躺在地上说，"我根本不想来，是我妈妈说为了我好，才把我送过来的。我装疯卖傻，可最后她还是把我送来了……"

卢吉奥没说话，我又听见弹球在地上滚来滚去的声音。声音很近，可能他就在旁边的房间。"我只是想尝尝而已。你根本不在乎这些吧？你什么都有：牛棚里有奶牛，厨房里有萨拉米香肠，你有一个留着胡子的爸爸，衣柜里有你的羊毛衫，你有哥哥和弟弟，墙上还有你们的相片！"

卢吉奥还是不说话。我坐在地板上，背有点儿疼，不过也不算特别疼。老桑德拉以前给别的小孩子当过教母，她有看孩子的经验，我走到小宝宝跟前，学着她的样子晃了晃摇篮。渐渐地，小宝宝不哭了，又睡着了。我又听见了弹球的声音，越来越近。我看见一颗弹球从厨房门口滚进来了，接着卢吉奥也进来了。

"照片里有一个光头先生，是你的教父吗？"

"那是列宁同志。"卢吉奥回答说，他避开了我的目光。

"是你们父亲的朋友吗？"我问。

"是所有人的朋友。爸爸说，他教会我们什么是共产主义。"

"没人生来什么都懂。"我总结完了。我们谁也不说话了，壁炉里的火灭了，露出剩下的焦炭，我觉得有点儿冷。卢吉奥走过去，从柴堆里取出一根长长的木头，扔进了壁炉，不一会儿，火苗又蹿了起来，比之前还要旺。我们那儿没有壁炉，只有炭火盆，但不一样，炭火总是灭掉。我特别想搞明白，怎样才能把火重新生起来。

"我有个朋友，叫帕乔琪亚，她家也放了张画像，可惜不是她死去的未婚夫，哎，愿他安息。那是一个小胡子国王，帕乔琪亚还带着这张画像来阻止我们，不要我们上火车……也许她说得对。"

卢吉奥什么也没说，准备走开。"我又不会永远待在这里！"我喊道。卢吉奥站着不动了。"他们说，我只是待一个冬天。感谢上帝，你可以和堂·阿尔基德先生去店里了，我会被送回去的，一切都会回到原来的样子。"

我学着大人的样子伸出手，像要达成了协议一样。可卢吉奥没和我握手，他踢了一颗弹球给我，把本来放在餐柜后面的梯子收好，就到另一个房间去了。弹球躺在地板上，也许他是特意给我的，也许只是忘了，我不知道。我把它捡起来揣到兜里了。我待在厨房里，看壁炉里的火苗在晃动。

17

　我一个人在家里待着，也不见人回来，就自个儿出门到田里去了。里沃看见我，跑来牵我的手。我想到刚才在香肠上戳的洞洞，有点儿不好意思，但我还是跟着他进了牛棚。"奶牛都很温顺，"他说，"不过，公牛发火的话，最好离远点儿。"我看了一眼公牛，就明白它脾气不太好，这和我妈妈安东妮耶塔挺像的。妈妈本来漂亮又亲切，可每次被惹恼了，就谁的脸色也不看。

　我从来没有见过这么大的动物。老实说，除了"奶酪球"我也不认识什么动物。我赶紧把"奶酪球"的故事讲给里沃听，我想叫他知道，来这儿以前我也有自己的动物。"奶酪球"是胡同里的一只大灰猫，经常坐在老桑德拉家门口。每回老桑德拉看见它，总不忘掰点儿剩面包给它吃，还会倒些牛奶给它喝呢。不过要是我妈妈撞见"奶酪球"，就会把它赶走。妈妈说，它就是个吃白食的，妈妈可不喜欢猫。所以我和托马西诺决定做"奶酪球"的主人，我们要训练它。有一天，我和托马西诺在勒缇费洛大街碰见了一个耍猴的老头。老头说"坐下"，猴子就坐下；说"站起来"，猴子就站起来；说"跳舞"，猴子就跳舞。大家拍掌喝彩，把硬币扔到他的帽子里。那个老头和他的猴子赚了很多钱，尤其是在那些有钱人的门口，更是如此。表演完节目，老头带着他的猴子就走了，第二天又上别的街道去表演了。我和托马西诺每天都跟着他，主要有两个原因，首先我们从来都没见过一只活蹦乱跳的猴子，其次是想跟他学把戏。结果有一天，老头离开了这里，我们再也没碰到他和那只猴子了。我和托马西诺想训练"奶酪球"，靠它发财，可它哪肯呀，它只顾自己舒服，看来妈妈说得没错。它成了我们的猫，我们会抚摸它，它也会用身子蹭我们的腿，有时候我们从外面回来，它还会走过来摇着尾巴欢迎我们。

后来"奶酪球"也不见了，我们大街小巷找遍了，都没找到它。我想它可能跟驯猴的老头走了，去过有钱人的生活了。帕乔琪亚跟我说，人要是饿肚子，连猫肉都吃。我原本不相信她的鬼话，可转念一想，老桑德拉给"奶酪球"喂了那么多面包牛奶，它长得圆滚滚的，肯定有人打它的主意。

里沃都不等我把话说完，他说猫本来就是这样，喜欢在外面逛荡，时不时消失一阵子，但它们总记得回家的路。"我更喜欢狗，"他问，"你呢？"我更喜欢猫，因为猫和我很像：我最后也会回家。

里沃走到奶牛身边说："快来，它很温顺的。"说完他伸手放在牛角之间，摸了摸奶牛的头。这只奶牛不摇尾巴，要训练它应该不可能。里沃转过头来跟我说："不要怕，摸摸呀。"

　　我伸长胳膊，用指尖轻轻碰了奶牛一下，它的毛不像"奶酪球"那么软。我往前靠了靠，奶牛呼出的气臭烘烘的，比帕乔琪亚的口气还臭。我把整个手掌都贴在它身上，摸了摸。它低着头，眼睛亮晶晶的，就像妈妈从共产党的办公楼出来，给我买油煎披萨饼的那天。

18

德尔娜让我穿的衣服有点像女孩子穿的，我一点儿也不想穿，也不想要那个蝴蝶结，怪不好意思的。德尔娜倒是很开心，我也没说什么。她好像要带我去参加聚会，但实际上是去上学。我想，那里不仅要闻脚臭，还得握着笔杆儿在本子上写字，说不准后脑勺也会挨巴掌。"我已经会算数了。"我说，"我能掰着手指数到十，能数十次呢。"

"你得学字母、除法和地理。"

"我不喜欢字母，我妈妈也不认字，认字有什么用呢？"

"为了不被那些认字的人骗了，我们走吧。"她拉着我的手往外走。今天早上没有雾，我站在门口，看见里沃和卢吉奥来了。他们也穿得很整齐，露出黑色的衬衫，用皮背带挎着个包，和我的包一样。里沃跑来跟我打招呼，他说奶牛怀孕了，很快就会生小牛。卢吉奥跟在后面，踢着一颗小石子向前走。

"新学校有我的座位吗？"

"我们班可没有多余的桌子。"卢吉奥头也不抬，盯着地说。

"我昨天和主任讲过了。"德尔娜说，"你和卢吉奥一个班，你虽然比他大一岁，但还有很多课没跟上。你应该高兴起来，学校和家里一样。"

卢吉奥又踢了一脚小石子，跟着追了上去。德尔娜和我们道别，她要去参加一个工会会议。"孩子，要争气哦，乖乖的。"说完她朝反方向走了。可没几步，她就停下来叫我："亚美利哥，等等！瞧我这记性，点心都忘了。"我想起妈妈给我的苹果，到现在还放在书桌上。德尔娜跑过来，从包里掏出一块用布包着的柠檬味蛋糕。我接过蛋糕放到包里，跟着里沃一起朝着学校走去。

"我们得给小牛选个名字。"他说，"你想叫它什么？"

我想到了路易吉，这是我哥哥的名字，他得哮喘死了。我还没说出口，卢吉奥就转过来大喊："轮到我了，这次轮到我给小牛起名字了。每人一次，这只小牛是我的。"

里沃跑过去，从卢吉奥脚下抢过那块小石子。他用力踢了一脚，把小石子踢到了学校大门口。我也跑了起来，可围裙总缠在我腿上，害得我落在了最后。

学校里，我们老师是位先生，叫法拉利。他很年轻，没有留胡子，他说话时，大舌音很轻柔。他跟大家介绍说，我是坐火车来的小孩，希望大家好好欢迎我，要让我觉得像在自己家里一样。可我家什么也没有，我想，要好好招待我的话，让我觉得在他们家里，也许会更好。

卢吉奥在第一排，挨着一个胖胖的男孩，金色的卷发。

教室里只有一个空座位了，在最后一排，那儿坐的都是个头最高的同学。我在座位上熬时间，可谁知道时间过得很慢。法拉利先生说："拿出你们的方格本。"于是大家拿出了方格本。他又说："拿出你们的横格本。"大家也拿出了横格本。在课堂上，老师根本不用拍大家的后脑勺，学生都训练有素，很听话，像佛利亚大街上那个老头的猴子。终于铃声响了，我心里嘀咕着：感谢圣母玛利亚，可算放学了。我穿上外套朝门口走。同学们都笑了，我没明白是怎么回事，但还是退了回来，坐在座位上。法拉利先生说，课间休息时间到了，大家可以吃点心。同学们站起来，分成了好几拨，凑在一块儿聊天。我想起德尔娜给我包的柠檬味蛋糕，我一个人坐在最后一排，慢慢吃蛋糕，细嚼慢咽，打发时间。在原来的学校没有课间休息，也没有柠檬味蛋糕，但会挨老师的巴掌，铃声一响就放学了，对小朋友来说，挨打的时间结束了。

法拉利先生说，课间休息结束了，快坐下。接着他说："我们来复习乘法表里的数字二：本韦努迪，你来吧。"

卢吉奥离开座位，拿着粉笔在黑板上写了几个数字。可没写几个，他就愣住了，站在那儿望着黑板发呆，像个笨蛋。"本韦努迪，你坐回去吧。"老师有点儿恼火，但没打他，"谁能告诉我，二乘七是多少？"

谁也没说话。卢吉奥忽然说："老师，您让斯佩兰萨回答吧。"

"可斯佩兰萨才来，"老师说，"他刚开始学，我们得让他先适应一下。"

"老师，这样才能让他感觉在家里一样嘛！"有人偷偷笑了，还有人转过头来看我。

老师犹豫了，冲我笑了笑，显然他没有打过学生的后脑勺。"斯佩兰萨，你知道二乘七是多少吗？"

我感觉所有人的目光都落在我身上，整个教室只有我的声音："等于十四，老师。"

卢吉奥盯着我，脸色都变了，好像他发现我的手放在了香肠上，就像我偷了什么东西。法拉利老师很惊异，但也很高兴。"太棒了，斯佩兰萨，乘法表里的数字二那一排，你在之前的学校已经学过了？"

"老师，我没学过。"我说，"在我的城市，我经常数鞋子，鞋子都是一双一双的。"

放学铃声响了，我们可以回家了，老师说我们得手拉手走出去。我孤零零站在最后面，有个坐在第一排的男孩看见我了，走过来拉着我的手。

"Am[1]詹·乌利亚诺。"他做了个自我介绍。我点点头，没有答话，和数字二相关的数学题我倒是会做，可外语我就不会了。

1　应该是英语"I am"，我是。

19

萨拉米香肠还挂在厨房里，可我用手指戳了窟窿的大香肠却不见了。到现在为止，他们什么也没有问我。换作妈妈，肯定要抓着洗衣服的棒槌，把我打得满胡同乱窜。他们没有惩罚我，可这种情况更糟，因为你不知道最后结果究竟会怎样。昨晚我梦见警察来敲门了，他们把我抓起来，和"大铁头"关在一起。"大铁头"说："因为咖啡的事儿，他们把我抓起来，现在因为香肠你也进来了。你瞧，我们没什么区别嘛。"在梦里我跟他说："不对，不对，我和你才不一样呢！"不过我醒了以后，心里就没那么肯定了。

我刚从学校回来，就听见堂·阿尔基德先生在高唱："今夜无人入睡！今夜无人入睡！"[1]老实说，他经常唱歌剧里的咏叹调，可我觉得这回他是生我的气了。我假装没看见他，他却看到我了，他说："你去哪儿呢？你没有什么要跟

---

1 意大利歌剧《图兰朵》中的唱段《今夜无人入睡》，普契尼作曲，阿达米、西莫尼作词。

我说的吗？"

我把手插在裤兜里，摸了摸卢吉奥的弹球，我用手把玩着弹球，没有答话。

"我知道你的事，但我想听你亲口讲给我。"

"堂·阿尔基德先生，我坦白的话，您会对我做什么？"

"孩子，我应该对你做什么呀？"

"您不报警吗？"

"报警干什么？小孩子在学校里表现好，就要被抓走吗？"

我松了口气，把手从裤兜里抽了出来说："啊，您和法拉利老师聊过了？"

"他跟我说，你特别擅长数学，还努力学习写字呢。"

"我更喜欢数字，它们无穷无尽。"

"所以你才对音乐着迷呀。要想演奏乐器，就要特别擅长数数。"

每次堂·阿尔基德先生说话，我都搞不明白他是认真的，还是在和我开玩笑。他走到餐柜旁边，取出香肠切了两片。

"那您没有生我的气吗？"

"老实说，我还有点儿生气。因为你总是用'您'称呼我，也不叫我爸爸。"

他又切了两片面包，把刚才的肉片夹好，用餐巾把做好的三明治裹了起来说："一个是你的，一个是我的，走喽！"

我们来到店铺里，我闻到一股木头和胶水的味道。店

98

里摆了好多乐器，还有乐器零件，做好的和没做好的都有。"我要干吗呢?"我问。"你先坐着看看吧。"说完他就开始干活了。他这儿锯掉一点儿，那儿锉平一点儿，用钉子钉住，他一边干活，一边跟我解释每一步都在干什么。我认真观察他的动作，听得简直要入迷了，时间过得飞快，和学校里完全不同。阿尔基德工作时，话就变少了。他说他得集中精神，他拨了琴弦，按了键盘，让我听听声音有什么区别。他说:"来听听看。"

阿尔基德从马甲口袋里掏出一根金属棒，上端有分叉。他按下琴键，把金属棒贴在琴身侧面，我好像听见轮船开动的声音，从很远的地方传来了。

"我也会演奏这个乐器，很简单呀。"

"这是音叉，只有一种音调，但所有乐器都可以用它校音。你试试吧。"

我把音叉放在钢琴上，感觉身体一阵酥麻，从手指到胳膊一直传到了脖子。就像有一回，我想把床头柜上的灯泡拧下来，结果触电了。但这次很舒服，是一种幸福的感觉。

加餐时间到了，我还没有饿。阿尔基德倒了杯红酒。我们围着小桌子，面对面坐着吃东西，就像两个大男人。他说，这门手艺不是他爸爸教的，是他自己学的。他爸爸是农民，喜欢土地，可他喜欢音乐，有一双音乐耳朵。我不知道我父亲是做什么的，但我决定，我长大以后也要搞音乐。

有好多乐器从附近城市送过来，放在店里修。阿尔基德坐在板凳上，把乐器一点点修好，像新的一样。和阿尔基德待在店里，我觉得特别自在。我感觉自己也变成了乐器，等阿尔基德给我校音，在把我送回家之前，他也会把我修得像新的一样。

"你看。"他说，"这是吉他，这是长号，这是长笛，这是小号，这是单簧管。你想试试哪个？"

"有小提琴吗？"我问，我有个朋友，她叫卡罗丽娜，她在音乐学院学的就是小提琴。

"小提琴很难。"阿尔基德说，"你先坐这儿来。"他叫我坐在钢琴前的凳子上，教我按琴键，弹了七个我熟悉的音符。我弹了一次又一次：我把这些音符当成数字混在一起，有无穷无尽的音符跑出来了，我想象自己是个音乐大师。以前我和卡罗丽娜趁着乐队彩排，偷偷溜进了剧院，看见过真正的音乐大师。堂·阿尔基德为我鼓掌了，我站起来鞠了个躬。这时，有个穿裘皮大衣的太太走进店里了。

"您好，里纳尔迪太太。"

"您好，本韦努迪先生，今天您儿子也来帮忙啦？他可真像您。"

我和阿尔基德看了彼此一眼，有些尴尬，确实，我们的头发都是红色的。"连里纳尔迪太太都这么说。你看，你应该叫我爸爸。"说完他去仓库了，顺道还补充一句，"这不是我儿子，他会在这儿和我们生活一段时间。对我和罗莎来说，他就像我们的孩子。"

店里只剩下我和里纳尔迪太太了。"要是我没记错，罗莎在萨索罗有些亲戚。你是从那儿来的？"

"不是。我是坐火车来的，运送孩子的火车。"

阿尔基德拿着小提琴回来了，他把小提琴放在工作台上。我想起卡罗丽娜，因为按琴弦太久，她的手指头已经长茧了。"弦我全换了。"阿尔基德向里纳尔迪太太解释说。

里纳尔迪太太戴上眼镜，把小提琴转了一圈，摸了摸琴弦，又拨了几下，好像检查是不是真的调好了，免得被骗了。最后她相信了阿尔基德的话，道了谢。她又把眼镜拉到鼻梁的位置，盯着我打量了一番。她像打量乐器一样打量我，好像要检查我有没有问题。"可怜的孩子，他们把你们送到北方来了。"她说，"路程那么远，肯定很不舒服。等这趟美妙的旅途结束了，你们又得回去过穷日子。把他们送到这儿，还不如给他们家人钱，是不是？"

阿尔基德把两只手搭在我肩膀上。里纳尔迪太太做了一个难过的表情，给了我一枚硬币。阿尔基德用力抓着我，什么也没说。"总而言之，"里纳尔迪太太接着说，"和在南方相比，你在这儿也算不错了，对吧？至少你有机会学门手艺。你长大以后想做什么呢？也修乐器吗？"

阿尔基德的手压在我肩膀上，好像要把我钉在地板上。他的那双手，在修理乐器时是那么灵巧轻盈，可现在为了留住我，也会变得很沉重。里纳尔迪太太收起小提琴，准备离开了。

"不！"我说，"我长大以后不修乐器。"

阿尔基德偏过头，认真地盯着我，好像第一次见到我，但他的手没动，还是按在我肩膀上。

"啊，不修乐器吗？"里纳尔迪太太惊讶地说，"那你想做什么？"

"我要拉小提琴，人们会掏钱看我演出。"

我把硬币还给她，她什么也没说就走了。那一刻我觉得自己重新做回了"诺贝尔"，就像在胡同里一样。

20

罗莎做了蛋糕，上面有一层黄色的奶油，除此之外她还做了披萨，放了奶酪和萨拉米香肠。她说，其他几个孩子生日时也吃这个。她问我："你以前都怎么过生日的呀？"

去年生日那会儿，我发烧了。家里来了个医生，老桑德拉也在。妈妈脸色很苍白，但没哭，妈妈从来不哭。她看了一眼床头柜上的照片，那是我哥哥路易吉，然后她闭上了眼睛。医生表情怪怪的，我觉得，那就好像他留的最后一口热那亚肉酱面被别人吃了。他说："开副药吧。"等医生走了，妈妈把手伸进衣服，从胸口摸出了圣安东尼奥像，那可是鬼怪的克星呢。她掏出了一块手绢，里面包着折好的钱。

"去年，我收到了一份好礼物。"我说。

罗莎笑了。"那今年你和我们一起过，你想要什么礼物呢？"

"什么都好。只要和去年不一样就行。"

罗莎用一张面皮把披萨盖了起来，用手指在上面抹了点儿油。收音机里放着轻快的音乐，罗莎像芭蕾舞演员一样，在厨房跳来跳去。以前我在美国人举办的宴会上见过一个跳芭蕾舞的。"等德尔娜回来，就放到炉子里烤，这样就可以趁热吃。"她说，"现在你来帮我摆桌子，今早，你可是我的骑士哦。"她拉着我的手在厨房里跳舞。纳利奥坐在婴儿椅上，边看边拍手，可他总把节拍打错。每次罗莎转圈，我就会绊到她的脚。她笑了，我的脸红了。"我当姑娘那会儿，常常跟阿尔基德去跳舞，但现在只能在厨房里跳了。"我和妈妈没跳过舞，更别说在厨房里跳舞了。

德尔娜下班了，她跟我说，有惊喜要给我。我想知道是什么，她说："惊喜等会儿出现。"这时罗莎端着披萨要到院子里去，我跟着她好去帮忙，今天我可是她的骑士呢。烤箱在牛棚后面，打开以后是什么样子，我还没见过。我把头探进去瞧了瞧，里面挺大的。我想起帕乔琪亚了，为了说服我妈妈别把我送走，她拿了烤炉的照片给妈妈看。我吓得腿都软了，赶紧跑到牛棚里躲了起来。罗莎跟在后面，赶了过来。我躲在怀孕的奶牛后面，罗莎看见我了，可我没有勇气看她。

"怎么啦？生日到了，太激动了吗？"

我摇了摇头，盯着脚下。"怎么了？可以跟我讲吗？学校里有同学对你不好吗？"

奶牛呼了口气，喷在我脖子上，热乎乎的，我还是不说话。

"他们又笑话你了？"

刚开始那几天，他们确实笑话我了。坐在最后一排的贝尼托·万德里叫我"那不勒斯"，只要我站在他旁边，他就捏住鼻子，就好像闻到了臭鱼的味道。原本坐在第一排的乌利亚诺，现在坐在我旁边，他叫我别放在心上。他说，年初的时候，大家也戏弄过他，他后来变得很凶。

一天下午，我和阿尔基德在店里擦钢琴，钢琴的主人马上就要来取了。阿尔基德跟我说，世界上没有坏孩子，只是大家有偏见而已，还没了解事情是怎么样的，就已经有了看法。况且，有的偏见是别人塞到你脑袋里的，赶也赶不走。除此之外，阿尔基德还说，偏见就像无知，所有人都应该当心，包括我的同学在内，千万不要带着偏见思考问题。

第二天，贝尼托又叫我"那不勒斯"了，乌利亚诺走到他身边，说："你闭嘴吧，你不也有个法西斯名字[1]吗！"贝尼托不答话，回到最后一排，坐在座位上。我想，他有这么个倒霉名字，也不是他的错，就算是好人，也会带点儿偏见。罗莎一直对我很好，可我看见她家里的大烤炉，也还是选择相信帕乔琪亚的话，她跟我说，共产党要把小孩子烤来吃。今天是我的生日，我藏在怀孕的奶牛后面，鞋子也被牛粪弄脏了。

"罗莎，对不起。"我从奶牛后面走出来说，"我太激动了。以前我没庆祝过生日，也没收到过礼物，妈妈只送过我

1　贝尼托是墨索里尼的名字。

一个旧缝纫盒。我太高兴了，还不习惯。"

罗莎把我抱在怀里，她胸口热乎乎的，手上有发好的面粉的味道。怀孕的奶牛在我身后，喷了口热气。罗莎的头发软绵绵的，像棉絮一样，不过是深色的。她的眼睛和头发都是黑色的。不知道怎么回事，我忍不住向罗莎坦白："我是小偷，我偷吃了香肠。"

罗莎摸了摸我的额头，伸手在我眼皮上刮了一下，好像要帮我把眼泪擦掉了。"我们家可没小偷。"说完她牵着我的手，带我回屋了。

21

里沃和卢吉奥跟着阿尔基德回家了。阿尔基德扯着嗓子高兴地唱道："让我们举起欢乐的酒杯……"[1]他抱着一个用彩纸包起来的盒子,上面还有蝴蝶结。"生日快乐,孩子,祝你长命百岁!"说完大家都为我鼓掌,除了卢吉奥。我像傻子一样呆呆站在原地。他们大喊:"打开看看!打开看看!"可我不想撕掉那层彩纸,我想里面肯定装了玩具木枪,先前我在玩具店的橱窗里见过。

我解开绳子,慢慢打开了盒子。我惊呆了:那是一把小提琴,一把真正的小提琴!

"这是我亲手为你做的,是二分之一的儿童小提琴。"阿尔基德说,"那个里纳尔迪太太来过以后,我每天晚上都在做这个。"

"可我还不会拉小提琴呀。"

"有一个音乐老师,叫塞拉菲尼,他经常来我店里,他

----

1 威尔第的《茶花女》唱段《饮酒歌》,威尔第作曲,皮阿维作词。

可以给你上几节课。"阿尔基德说，"这是不是就像你说的，没人生来就什么都会!"说完他笑了，胡子也跟着翘了起来。

里沃凑过来，从我手中拿过小提琴，用弓在琴弦上拉来拉去，弄出很难听的声音。这时阿尔基德批评他说:"这不是玩具，必须好好对它。亚美利哥，你要好好保存它，这是你的小提琴。"

琴盒里还有一根丝带，上面绣了我的名字:亚美利哥·斯佩兰萨。我惊呆了，从来都没有过只属于自己的东西。

"我过生日时，收到了一辆自行车，"卢吉奥盯着窗外说，"我不会让任何人碰它。那是我的自行车。"

我伸手摸了摸小提琴上光滑发亮的木头。我把手指头按在琴弦上，顺着往下滑，最后又摸了摸琴弓上的弓毛。

"满意吗，孩子?"

我太高兴了，都说不出话来了。"高兴! 爸爸!"我最后说。阿尔基德张开双臂，紧紧抱住了我。他身上除了须后水的味道，还有粘木头用的胶水味，这是第一次有个爸爸抱我。

"我们什么时候吃蛋糕呀?"里沃拉了拉阿尔基德的袖子问。

"亚美利哥不喜欢蛋糕，他只喜欢香肠……"卢吉奥指着天花板说，话还没说完就被罗莎瞪了一眼，他不说了。

"吃蛋糕之前，我们还有个惊喜，"德尔娜边说边从兜里掏出了一个浅黄色的信封，"这是你妈妈寄给你的。"

"原来妈妈没把我忘掉呀!"来这儿以后，我们给她写了很多信，她一封也没回过。德尔娜打开信封，坐在椅子上念了起来。声音是德尔娜的，可信里却是妈妈的话，这让我觉得像回到胡同里了。我不知道，我到底想不想回去。

妈妈说，她去找玛达莱娜帮忙了，那些寄回家的信都是玛达莱娜给她念的，这封回信也是她帮着写的。她说她一直很忙，所以没马上回信。胡同里的生活和往常一样，这个冬天很冷，还好我待在暖和的北方，穿得好，吃得饱。老桑德拉在信里向我问好，她说我那个装满宝贝的盒子，她保存得很好。另外妈妈还说，帕乔琪亚对我的事不闻不问，很明显，她在生闷气。胡同里有些妈妈把孩子送走了，都说孩子在北方遇到的好待遇，她们出于感激，也逐渐都加入了共产党。妈妈说，多亏了几个朋友的帮助，"大铁头"重获自由，可他出来以后，再也不来找她干活了，连市场上的小摊也拆掉了。

不久前，我和德尔娜写信问妈妈能不能圣诞节过来。她说不能来，我们就再也没有提过这件事了。她说，几个月时间一眨眼就过去，要不了多久，我就会回去，像以前一样在家里待着，碍手碍脚的。她还说，差不多八年前这时候，我出生了，她希望这封信可以在我生日的时候送到。信里还写了：她生我的那天很冷，她感到阵痛，托人去找接生婆，等接生婆赶来时，我已经出生了，我真是迫不及待地探出了脑袋。这件事情她以前从来没跟我讲过。我觉得很奇怪，信里妈妈话倒是多了不少，比我在她跟前还说得多。

玛达莱娜也向我问好。信的最后有几个歪歪扭扭的字母，那是我妈妈安东妮耶塔的名字。她说她学会写自己的名字了，是玛达莱娜教的，这样她就不用只画叉了。我想象妈妈握着笔坐在厨房里，靠着桌子，流着汗，叹着气，时不时祈祷圣母。我特别高兴信上有她自己写的字，是她亲手为我写的，就像阿尔基德亲手为我做的小提琴，只属于我。

我问德尔娜可不可以现在回信，不然一会儿我就忘了想要对她说的话。她取来信纸和钢笔，坐在桌子旁边。德尔娜负责写，而我只管讲，就像在学校里法拉利老师让我们听写。

我跟妈妈说，信正好是我生日那天收到的，妈妈的来信是我收到的最好礼物。不过关于小提琴，我一句话也没讲，不然妈妈肯定会生气。我说虽然罗莎给我做了很多好吃的，在我心里，妈妈做的热那亚肉酱面还是排第一。我说，在北方大家也都认识我了，比如说那些卖菜的、卖水果的和卖肉的，不过这里的叫法不一样。还有一些小贩只有我们南方才有，北方却没有，比如卖冷饮的和卖牛肚的。我很喜欢猪蹄和猪脸肉，有一回我用方言问德尔娜哪里有卖的，可她完全没听明白。她叫我再讲一遍，我用方言重新说了一遍，她还是没听懂，我说多少遍也不顶用。"奥贝莱慕思"，德尔娜跟着念，她以为是拉丁语。我问她什么是拉丁语。她跟我解释说，拉丁语是一种很古老的语言。我听了以后说："可能吧，这道菜很久以前就有了，是用猪蹄和猪脸肉做的。"这下她算是明白了，带着我去屠户那儿找，我发现北方也有牛肚卖。不过基督徒不吃猪蹄和猪脸肉，他们用这些肉喂猫和狗。信到这儿就结束了，我在下面歪歪扭扭地签上了自己的名字，我不能让妈妈丢脸。最后德尔娜也加上了几句问候的话。

我希望信可以在圣诞节之前送到。去年圣诞节，我和妈妈两个人过，但半夜的时候我们来到巷子里，大家相互祝福。"大铁头"和他老婆也来了，他老婆挎着新包，盯着我妈妈看，就像我妈妈偷了她什么东西似的。

在北方，圣诞节变得不一样了：没有耶稣降生场景布置，只有圣诞树，上面挂了彩灯和彩球，跟香肠挂在厨房横梁上一样。他们还说，圣诞老人会把礼物放在树下。可这个老人从没来过我家，也许他没找到我家的圣诞树。里沃说："不可能啊，圣诞老人会找到每个小朋友，他穿红色的衣服，白胡子。"我想，也许圣诞老人只去找共产党的孩子。给胡同里我们这群小孩时不时带点儿东西的人只有"大铁头"，可他没有胡子，白胡子黑胡子都没有，更别说红衣服了。"大铁头"的头发是褐色的，眼睛是蓝色的，就算是圣诞夜，我也绝不叫他"圣诞老人"。

德尔娜把信纸折起来，放进了信封。我说，我想送妈妈一个礼物，这样的话，她也可以在圣诞树下拆礼物了。老桑德拉的小破屋外面恰好有棵柠檬树，妈妈可以把那棵树当成圣诞树。德尔娜说，我可以给妈妈画幅画，和信一起寄给她。可我没画过画，德尔娜说："很简单，我来帮你。"

德尔娜叫我坐在她腿上，她握着我的手，我们一起用铅笔画了起来。先是脸，然后是鼻子、眼睛、头发和衣服。里沃拿来他的彩笔盒，他说，用这些笔来上色，会更漂亮。我们给画纸涂了粉色、黄色和蓝色。德尔娜的头发软绵绵的，弄得我脖子发痒。我们的手在纸上左一下、右一下地画着，纸上慢慢浮现了一些面孔。慢慢地，我妈妈安东妮耶塔的样子也出现了，她还穿着漂亮的碎花裙子呢。我把她画在老桑德拉的破房子里，那是圣诞夜，她和玛达莱娜·克里斯库洛在那里，"大铁头"也在，但没有带老婆。除了他们，我还画了那只被那个老头驯服的猴子和"奶酪球"。我想，说不准猫咪已经回来了，在等我回去。画完以后，纸上的房子看起来像伯利恒耶稣诞生的"圣穴"。

这下好了，圣诞夜时有好多人来陪妈妈了，至少在画里是这样。

22

乌利亚诺发烧了，没来学校。我问老师他是不是得了哮喘，跟我哥哥路易吉得的病一样，但老师说没有，他说乌利亚诺得了腮腺炎。我想，那还好，否则我又要一个人了。卢吉奥一直坐在第一排，现在贝尼托挨着我坐。我们俩的关系变好了：他看见我，不会捏住鼻子，我也时不时地把数学作业借给他抄。

法拉利先生还没来，大家围了几圈在聊天，我和贝尼托坐在座位上，各自待着。突然法拉利先生进来了，大家都站了起来。

"斯佩兰萨，本韦努迪，你们俩出来一下。"

我和卢吉奥四目相对，香肠事件以后，这是我们第一次正眼看对方。"斯佩兰萨，从你的城市来了个女孩，校长希望我们准备一个欢迎会，让她感受到家的温暖。"

我看了看坐在我旁边的贝尼托，希望大家不会用欢迎我的方式来欢迎新来的女孩。

里沃和五年级的老师一起站在校长办公室门口。里沃说，新来的女孩跟他一个班，他俩一样大，那个女孩子来之前也在上五年级。"进来吧！"校长叫我们。我和里沃推门进去，看见一个大个子秃顶男人。我觉得，他有点儿像阿尔基德和罗莎家墙上那张画像里的人。我悄悄问老师，校长是不是和那个教共产主义的人一个姓，也叫"列宁"。听了我的话，老师把校长上上下下打量了几遍，跟头一回见似的，然后笑了起来。校长站起来，走到办公桌对面，给我们介绍新来的女孩。她叫罗莎娜，是党内一个重要人士的女儿。她原本要去曼齐先生家，但曼齐太太得了肺炎，卧病在床。在曼齐太太病好之前，她都由本堂神甫和他的女管家阿迪诺尔福小姐照顾。

罗莎娜比我高，眼睛是绿色的，黑色的头发，扎着辫子，一副气鼓鼓的模样。我想，这可能是因为她去不成曼齐先生家，只能和神甫及管家阿迪诺尔福小姐在一起，才这么生气。

"他是亚美利哥。"老师把我往前推了一把说，"他来这儿已经一个多月了，适应得很好。这两个是他的新兄弟。"里沃笑了，露出他的牙缝。卢吉奥听见"兄弟"，哼了一下，他盯着那个女孩看了看，脸唰地红了。可这个女孩子根本不看我们，最后连"谢谢"和"再见"也没说。

回家路上，卢吉奥不像平时一个人就走了。他跟着哥哥，问了一大堆关于那个黑发女孩的问题。"老师说，罗莎娜今晚要去德尔娜阿姨家吃饭。"里沃说，"市长也要来，他想认识罗莎娜和亚美利哥。"

"他不想认识我们吗？这不公平呀！"卢吉奥说。

"我们是当地的孩子，又不是新来的！"

"那……就因为我们是当地的孩子，他就不想认识我们了？"里沃被搞糊涂了，他顿了顿，露出标志性的笑容和牙缝，接着说，"我们可以自己去，让市长认识认识我们。"

"当然了！"卢吉奥一脸狡黠地说，"我们可不能让他一个人孤零零的……"

陪罗莎娜来的是阿迪诺尔福小姐，但她马上就走了，她要回去给神甫做晚饭。这个女孩子坐在厨房餐桌前，盯着地板发呆。她穿的衣服和早上不一样，她穿了一条红裙子，上面有黑丝绒花边呢。我跑到自己的房间，开关了三次灯。我往窗外看，马路对面的房子的灯也开关了三次，这是里沃和我说好的信号。我回到厨房，看见那女孩还是和刚才一样，坐在那儿一动也不动，像雕塑似的。"吃饭之前，你们要先玩会儿吗？"德尔娜问。罗莎娜没答话，也许她和玛丽一样，害怕舌头被剪掉。老实说，那个金发妈妈把玛丽领走之前，玛丽怕得要命，也不敢说话。这时有人敲门了，德尔娜起身去开门，厨房里只剩下我和罗莎娜了。

"你知道吗，帕乔琪亚跟我们说了很多瞎话。"说完，我给她看了看我的舌头。但她好像没明白我的意思，可能觉得我在戏弄她，她也对我吐了吐舌头。

"进来吧，阿尔菲奥。"德尔娜说，"两个孩子都在厨房。"市长抱着两个彩色盒子，一个是给我的，一个是给罗莎娜的。

"我代表整个城市欢迎你们!"说完,他把礼物递给了我们。罗莎娜还是坐着不动,她对礼物不感兴趣。我接过礼物,但没拆开,我想等里沃和卢吉奥来了再拆。结果没过一分钟,他俩就来了。

阿尔菲奥市长送给我一辆小火车,我和里沃玩儿起来了。卢吉奥坐在罗莎娜旁边一动也不动,也许他被传染了,也变成木头人了。

德尔娜端来了意大利小馄饨,除了罗莎娜,我们都吃了。市长很亲切,他对德尔娜说:"没想到你的厨艺这么好啊。"

"小馄饨是我妈妈做的。"卢吉奥说,他觉得很有面子。

"德尔娜也会做饭。"我插嘴说,"她还会做工会呢。"

"我就什么都不会,所以他们叫我做了市长!"市长说完笑了。

"你们可别当真,孩子们,阿尔菲奥以前是个勇敢的游击队战士。他进过监狱,还被流放过!"

"什么是流放啊?"我问。

"就是把我从家里撵出去,离开家乡和亲人,生活在很远的地方,很长一段时间都不准我回去。"

"你还不明白吗?流放就像你和我来到这里一样。"先前一直不说话的罗莎娜开口了。

"你们可没有被流放。"阿尔菲奥市长说,"现在,你们身边都是想要帮助你们的朋友,不过要比朋友关系更稳定,我们都是同志。友谊是私人关系,可能会断开,但同志有共同的信仰，会在一起奋斗。"

"我父亲是你们的同志，我可不是。我不需要你们的施舍，我也不想要。"

德尔娜放下勺子，脸色很难看。就像有一回她去工会开会了，但结果并不理想，她很晚才回来，那晚她的脸色和今天差不多。市长给德尔娜做了个手势，对罗莎娜说："你看，你还没有尝过这些小馄饨：它们是欢迎的味道，而不是施舍。"说完他笑着问我，"对吗？"我点点头，但罗莎娜的话打乱了我的思绪：忽然间，我觉得罗莎做的小馄饨不像平时那么好吃了，我也尝到了施舍的味道，我怕这个味道会一直留在我嘴里。

"爸爸妈妈在家里欢迎我，才是真的欢迎。外人的欢迎不是真欢迎。"

罗莎娜说话像大人一样，她能把自己的想法表达出来。听到她这番话，我都要信以为真了。德尔娜端走盘子，允许我们自己起身去玩，她要收拾餐桌了。我和里沃又玩起了小火车，阿尔菲奥市长把罗莎娜的盒子拆开：里面有个布偶小狗，眼睛大大的，看起来好像很伤心。市长手伸到了布偶里面，学着小狗叫。布偶小狗往前一跳，翻了几个筋斗，摇摇尾巴，趴在罗莎娜腿上。罗莎娜伸手摸摸小狗的头，什么也没说。我看见她左边脸颊上有颗泪珠慢慢滑了下来。吃完饭以后，卢吉奥就一直站在她旁边，不说话，也不动，现在他从兜里掏出手绢，塞到了罗莎娜手里。罗莎娜拿起手绢，擦掉了眼泪。

23

几天后，我们正在做加法练习，教室门开着，我看见里沃的老师跑过去，径直冲向了"列宁"校长的办公室。那个老师讲话声音很大，几乎要哭出来了："她说要去上厕所，过了几分钟，我叫她同桌去看看她是不是不舒服。对不对呀，吉内塔？"

跟在老师后面跑到校长办公室的那个女孩点了点头，金色的发卷也跟着动起来了。她眼泪鼻涕一起流。不多时，校长、老师和学校的杂工都在找罗莎娜了：教室里、秘书处、储物间，还有图书馆，都找遍了，也没找到她。罗莎娜不见了。

"怎么可能没人看见她从学校出去？""列宁"校长满脸通红，瞪大了眼睛，看起来很可怕。他的样子简直和罗莎家里的画像上那个人一模一样。门卫说，那女孩可能趁他去上厕所时溜出去了。

"我们要通知她父母。"法拉利老师说。

校长左看看，又看看，好像有些迷茫。"不！"他小声说，“这件事先不要声张，我来承担责任。城市也不大，她还是个小姑娘，走路能走到哪儿去呢？我们一定能找到她。晚上还没找到她再说……”

回家的路上，我们一直都在说罗莎娜跑掉的事儿。法拉利老师叫我们别担心，他说，大人会解决的。“什么事儿都是由大人决定。”卢吉奥边走边说，“他们根本不在乎我们想要什么。对你来说也一样，你也不想来这儿，是他们逼你来的。”

我没答话，说实在的，我不知道妈妈到底有没有逼我。我默默走着，脑海里全是罗莎娜，那天晚上她来我们家，噘着嘴，两眼无神。我跟着里沃去给奶牛喂水，怀孕的奶牛好像有点儿难过，我觉得它生病了。它也噘着嘴，但它不会跑掉，它会留在这里。

“德尔娜，”上床之前我问她，“外面冷吗？”德尔娜听懂我的意思了，她紧紧拉着我的手说：“也许这时候他们已经找到罗莎娜了。阿尔菲奥很执着，他不会轻易放弃。他以前在山里可是游击队员呢。想想看，他怎么会让一个扎着辫子的小姑娘跑掉呢？”

每天晚上，德尔娜都会在我床头柜放一杯水，再帮我把灯关了，今天也不例外。我闭上眼睛，但压根儿睡不着。好多画面都朝我的脑海里涌来：低着头噘着嘴的罗莎娜，难过的奶牛，布偶小狗，当过游击队员的市长，法拉利老师说的话，挂在房梁上的萨拉米香肠，一起坐火车的小朋友，还有我坐过的班车——我脱掉了鞋子，在座位上睡着了。终于，我明白卢吉奥说得对：大人根本不懂小孩。我走到窗边，想看看他们都睡了没有。我把灯开关了三次，没人回应我。我又重复了三次，过了一会儿，又试了试。我爬上床，也许大家都睡着了。这时黑暗里传来了信号：一、二、三，一共亮了三次。我穿好衣服和鞋子，套上厚厚的外套，戴了顶帽子，从橱柜里拿出一大块帕尔玛奶酪，偷偷从家里跑了出来。我穿过马路，到打谷场上等着。四周静悄悄的，只听得见怀孕的奶牛时不时发出的叫声。寒气从地底冒了出来，钻进我的鞋子。我真想回家，回到暖和的房子里。忽然我看见一束光向我靠近，是卢吉奥，他拿着手电筒。"我没叫里沃，"他说，"不然他肯定要告诉妈妈。"

"我大概知道罗莎娜去哪儿了。"我问他，"你知道怎么去公交站坐班车吗？"

"我们走吧。"卢吉奥说完，我们肩并肩出发了。路上冷冷清清的，我和卢吉奥谁也不说话。他认识路，一点儿也不害怕，可我有一点害怕，我把手从兜里伸出来，想去牵他的手。卢吉奥拉着我的手，像打暗号一样轻轻捏了三下。我们走了差不多半小时，也许时间更长，才到了公交站。到博洛尼亚的最后一班车已经发动引擎，就要出发了。班车打开前灯，把售票台照得透亮。我和卢吉奥跑了上去，车里只有三个男人和一个女人，罗莎娜不在里面。我想，也许我错了，我们白跑了一趟。天色已经很晚了，周围黑漆漆的。

"我们回去吧？"卢吉奥问。外面很冷，我们想走到候车大厅里暖和一下。我们坐在了长椅上，这时候我看见罗莎娜了。她低着头坐在角落里，和平时差不多，一脸严肃。我示意卢吉奥别出声，我慢慢走了过去。她发现我了，起身要跑，可后来停下来了，可能她也不知道要去哪儿。我从兜里掏出帕尔马奶酪递给了她。她什么也没说，接过奶酪一下子就吃完了。她从早上到现在什么都没吃。

"我知道，刚开始确实挺奇怪的。"我跟她说，"我理解……"

"你什么也不懂。"她用大人的声音说，"我和你不一样，我和你们所有人都不一样。"

我有些难过：她说的到底是什么意思呢？卢吉奥坐在对面的长椅上等着我。罗莎娜理了理散开的辫子。"我家什么也不缺。你知道我住哪儿吗？说出来你肯定不信。我家在整个城市最漂亮的街道上。这次是我父亲逼我来的，他说我要做表率。他只是想让自己脸上有光。妈妈也求他，希望别把我送来，可他不肯。为什么是我呢？就因为我最小吗？这和我有什么关系呢？这不公平！不公平！"

罗莎娜哽咽着，最后呜呜地哭了，她辫子散了，辫绳也掉在地上了，上面还有个红色的蝴蝶结。站长看见我们了，走过来问："孩子们，你们的父母呢？""在很远的地方。"罗莎娜哭着说，"在很远很远的地方。"

我和卢吉奥跟站长解释了情况，他说："我去给市长打电话。"

没过多久，市长亲自来了。他的样子和那天晚上吃饭时差不多，笑眯眯的，很亲切。"太好了！一下子就找到三个勇敢的小孩。不过有件事，你可做得不对。"他转向罗莎娜说，"在没尝过罗莎做的小馄饨之前，怎么能跑掉呢？当然了，还有萨拉米香肠……"

我用眼角的余光偷偷瞥了一眼卢吉奥，他什么也没说，可能根本就没听。他弯腰捡起了落在地上的红头绳，交给了罗莎娜。罗莎娜接过来，揣到了兜里。

当我们回到家时，所有灯都熄灭了。我们敲了敲门，没人回应。突然从牛棚那边传来了一阵可怕的叫声，我们赶紧跑了过去。我看见罗莎满手是血，罗莎娜尖叫着冲了出去。我躲在市长身后，卢吉奥向他妈妈跑了过去。没多久，我们又听见一阵喘息，这次很轻，像小婴儿的哭声。罗莎叫我们走近点儿看，罗莎娜也想看看发生了什么。奶牛全身都是汗，神情惊恐，好像死里逃生。刚出生的小牛还没睁开眼睛，饿得直叫。罗莎娜两手发抖，凑了过来。她看见小牛，脸上露出了微笑，她伸手摸了摸小牛的头，说："吃吧，小可怜，你妈妈就在这儿，就在你旁边。"

小牛感受到了母牛的气息，靠在它身边，慢慢吃起奶来。里沃抱着干草，也到牛棚来了。他笑着说："你们今晚跑出去，不叫我，那小牛的名字就由我来起了。"

"不行，绝对不行。这次到我了，该我起名字了。"卢吉奥抗议说。

"是呀。"罗莎说话了，"这次到卢吉奥了，不过待会儿你可得跟我好好解释一下，都这个点儿了，你们和市长一起在外面干什么呢？"

卢吉奥看了看小牛，又看了看我，然后回头看着小牛说："我决定了。我要叫它'亚美利哥'。"说完他就走出了牛棚。

我呆住了，我简直无法相信自己的耳朵。小牛吃完奶，在牛妈妈身边蜷起来，睡着了。它的毛短短的，腿和小树枝一样细。它很瘦，每一次呼吸都能看见肋骨，它和我一样，叫亚美利哥。

我们回到厨房，罗莎想知道，为什么我们这么晚还要自己跑出去。"他们找回了丢失的人。"阿尔菲奥市长看着罗莎娜说，"这是非常英勇的举动，罗莎，你不能责备他们。我们应该给他们发一枚勋章。"玛达莱娜·克里斯库洛就有勋章，要是我也有，那我回去时，妈妈会是什么表情呢？

第二天，"列宁"校长差人把我和卢吉奥叫到了办公室，他真的给我们胸口别了勋章，还有一枚三色旗徽章。所有人都想知道发生了什么，我和卢吉奥把昨晚的事添油加醋地跟大家说了一通。课间休息时，罗莎娜来跟我们打招呼。她打扮得漂漂亮亮的，穿着天蓝色的衣服，辫子也梳得整整齐齐。她说她爸爸要来接她回家了，说完她就笑了。这是我第一次见到她提起爸爸时露出笑容。卢吉奥从裤兜里掏出一根红头绳，想还给罗莎娜，那是她昨晚落在牛圈里的。"你拿着吧。"罗莎娜说，"做个纪念。"卢吉奥听到这话，握紧了拳头，把头绳攥到了手心。

法拉利老师叫我们回到座位上。贝尼托得了腮腺炎，我旁边的座位就空了，大家都想挨着我坐。"那是我的位子。"卢吉奥说，"我们是兄弟。"他收拾了一下书包，也坐到最后一排来了。

24

　　放假了，我们再也没见到罗莎娜了。新年第一天，我们去市里的剧院听了音乐会。市长说，圣诞节前几天，罗莎娜的爸爸就把她接回去了。罗莎娜说得对，她和我不一样。她给我们仨留了贺卡，但卢吉奥看也不看。我想，罗莎娜应该感到懊悔，她错过了德尔娜组织的主显节晚会：游击队之夜。

　　广场很大，钟楼高高的，到处都挂了灯彩，四处亮堂堂的。那些女游击队员打扮成女巫的样子，她们戴着一个长鼻子面具，穿着破破烂烂的鞋子。里沃和卢吉奥都在笑，可我笑不出来，因为我也穿过破破烂烂的鞋子：穿上很不舒服，一点儿也不好笑。所有孩子，不管是北方的还是南方的，都拿到了一袋糖果和一个小木偶。阿尔基德和罗莎喝了红酒，在旁边跳舞，里沃、卢吉奥还有我跟学校同学一起玩儿。纳利奥已经吃饱喝足，躺在婴儿车里睡觉，广场上放着音乐，人声鼎沸，可他还是睡得很香。玩游戏时，里沃、卢吉奥还有我被分到了一组，最后我们赢了一枚胸章和三个橘子。以前我从来没赢过什么，抽奖也没有中过什么。每到年末最后一天，帕乔琪亚就会组织大家抽奖，可我没赢过，因为妈妈没钱买奖券。

最后到合唱环节了，我们排好队，我旁边站着一个黑卷发男孩，他梳了一个大背头，打了不少发蜡。我们差点儿没认出对方。

"是你吗，亚美利？你现在像电影演员！"

"别开玩笑了，托马西。你的肚子都快赶上帕乔琪亚了，你到底吃了多少香肠啊？"

我看见领走托马西诺的那个大胡子先生了。他站在广场另一头，旁边是他太太，手臂很粗，胸脯也很厚实。这位老先生还有两个已经成年的儿子，也跟来了。他们的胡子和父亲很像。我们唱歌时，托马西诺的北方爸爸在一个劲儿挥手，跟他打招呼。我觉得，托马西诺现在跟他的北方爸爸有点儿像了。

卢吉奥站在我前面两排，他时不时地回头看看。他很好奇，平时都是他认识所有人，我谁都不认识，可现在情况反过来了。我也看见那个黑头发的小个子男孩，还有那个缺了牙的金发男孩，他们都长高了不少呢。除了他们，我还看见好多跟我一起坐火车来的小朋友。他们打扮得漂漂亮亮的，举止也文雅了很多，已经分不清楚谁是从南方来的，谁是北方的了。我和托马西诺想找到玛丽，我们觉得她肯定也来了。她原本瘦瘦小小的，像男孩子一样，金色的头发剪得短短的，我们照着这个样子找，到处都没找到她。我们坐在长椅上，靠着放三明治的餐桌，看大家跑来跑去，玩游戏，有个女游击队员给我们倒了杯橙汁。卢吉奥过来了，没一会儿，给耗子涂颜料这码事儿，托马西诺都一五一十告诉他了。幸运的是，我们看到玛丽了，我们刚来那会儿把她领走的那对夫妇牵着她的手。玛丽头发长了，卷卷的，很好看，像电影广告上的女明星。她的脸也圆了，红扑扑的，跟她穿的裙子一个颜色。她系了腰带，戴着花冠，上面串了好多小花。玛丽变漂亮了！

我和托马西诺哑巴了，谁也不敢喊她，也不敢认她。她看见我俩，一下子就跑了过来，紧紧拥抱了我们。明明只是拥抱一下，可我觉得怪怪的，托马西诺肯定也是这种感觉。

"你们好！都怎么样呀？"

她说的是这里的方言，我惊讶得说不出话来。"妈咪，爸比，这是我在南方的朋友。"玛丽跟那位先生和金发太太说。我马上明白，玛丽不会跟我们回去了，她已经找到她的家了。

我想回到妈妈身边，但现在还有一些事情要做，回去之前，我得完成这些事情。我要跟里沃、卢吉奥一起在牛棚后面修完一个秘密基地；我要训练刚出生的小牛；我要和塞拉菲尼老师好好学小提琴。虽然刚开始那会儿，我觉得自己一点儿天赋也没有，手指头不听使唤，拉出来的根本就不是音乐，倒像野猫在晚上嗷嗷乱叫。在阿尔基德店里，我每天都要当着老师的面，反复拉音阶：do-oo-oo-oo，一拉就是好几个钟头。别的小孩都在屋外打雪仗，我只能从窗户往外看一看。我拼命练了很久，突然有一天晚上，小提琴不再喵喵叫了，我拉出来的声音算得上音乐了。当时我简直不敢相信，那些音符是我的手拉出来的。

除此之外，我还要帮德尔娜好好组织共产主义，她一个人做的话就太累了。她总在工作，一忙就是一整天，晚上她会来罗莎家接我，我们一起回去。她挨着我在小床上躺一会儿，跟我聊聊白天发生的事情。她会拿一本画满了动物的故事书，跟我讲故事。书里的动物有好有坏：狐狸、狼、青蛙，还有乌鸦，每两三页就有彩色插图。有时候，德尔娜也会指着单词，跟我说："你来读一读。"或者我们都很累很累时，她会给我唱歌，哄我睡觉。我已经知道，她不会唱任何催眠曲，所以她跟我唱些她会唱的歌，比如"红旗飘扬，我们一定会胜利……"[1]等她唱完了，我就会大喊："德尔娜万岁！罗莎万岁！自由万岁！"

有个晚上，我们坐在厨房里的餐桌前。德尔娜要举办主显节聚会，也就是游击队之夜，她想询问我的意见。比如巫婆的袜子怎么设计，要玩什么游戏，小合唱团唱什么歌等等。还有一天，德尔娜开完最后一次主显节会议，她脸色阴沉，到罗莎家来接我。当时里沃、卢吉奥还有我正在玩阿尔基德给我们做的积木。换作平时，德尔娜总要在罗莎家待一会儿，和大家聊聊天，喝杯红酒。可那次德尔娜连外套都没脱，就把我带走了。回家以后，她什么也没说。我想是不是

1　意大利民歌《红旗》中的歌词。

我做错什么了，给她提了错误的建议，现在她生我的气了。德尔娜脱下外套，我看见她脸蛋通红，像晒了很久太阳，要不然就是受了寒。我们坐在餐桌前，德尔娜突然哭了起来。我从来没见她哭过，所以我也哭了。我们俩坐在厨房里，对着一盆汤面，就这样一直哭个不停，像两个笨蛋。德尔娜不想提发生了什么，只是一个劲儿说："没事。"然后我们就去睡觉了，德尔娜没跟我讲动物的故事，也没唱歌。

　　第二天是星期六，我和卢吉奥正在玩捉迷藏，我听见德尔娜跟罗莎讲话。她说，昨天有个权高位重的同志也来参加会议了，会议上，关于晚会他什么也没讲，因为她和其他女同志都已经准备妥当了。后来那个大人物要跟她单独谈话，德尔娜就跟他讲工会在做什么，还有竞选宣传的情况。可那个人想让她明白：她最好只负责给小孩办聚会，给穷人发物资。我刚好藏在厨房里，为了听得更清楚，就躲在了壁炉和橱柜之间。德尔娜说，她跟那个大人物讲，有很多妇女也和游击队一起战斗，她们开过枪，拿过勋章。这时我想起了玛达莱娜·克里斯库洛，还有萨尼塔区的大桥，多亏了她，大桥才没有被炸掉。那个大人物问德尔娜，是不是她也想要一枚勋章。她回答说，党内有很多妇女都应该有勋章，因为她们都是坚定不移的党员。听到这话，那个大人物重重扇了德尔娜一巴掌。她跟罗莎讲，她当时没哭。我躲在角落里，悄悄听她们讲话，我心想，如果我妈妈挨了耳光，她一定不会就这么忍了，一定加倍还回去。德尔娜这时唱起了歌："尽管我们都是女人，但我们丝毫不畏惧……"这首歌我听过，在火车站那会儿，玛达莱娜唱过。而且这也是德尔娜每晚睡觉前给我唱的催眠曲之一。我从藏身之所跑了出来，想和她们一起唱。德尔娜和罗莎见我从炉子后面钻了出来，歌声一下就停了，她们吓了一跳，把手按在胸口上尖叫起来。从那以后，我再也没有听说过那个大人物的事儿了。

　　游击队员装扮的女巫叫我们排好队，每人一次，用手绢蒙住眼睛，拿长长的木棍敲挂在一根杆子上的陶锅。谁要是把锅敲碎了，里面的糖果就全归他。"那口锅是空心的，"卢吉奥跟我们说，"你们南方也这么玩吗？""一半吧。"托马西诺回答说。"什么意思？"卢吉奥问道。"我们有棍子玩儿，但没锅。"

　　轮到我了，我两只手紧紧地握住木棍，等德尔娜给我蒙上眼睛，我准备好了。我想起来这儿的第一天，最后剩下我一个人，是德尔娜把我领回家的。那时候她又高大又坚强，可现在她好像变小了。她懂很多东西，甚至还会一点儿拉丁语，但关于生活，她什么也不懂，甚至不如小孩子。要是我不在她身边，谁来保护她呢？

　　我想起了那个大人物，我把那口锅当成他的脑瓜，用尽全身力气敲了下去。那口锅砰的一声，像玻璃一样裂开了。所有孩子都开心地叫了起来，锅里的糖果像雨点一般落下，砸在了我脸上。

25

圣诞节和主显节都过了，坐火车来北方时妈妈给我的苹果，一直放在书桌上，本来我想留作纪念的，但过了这么久，苹果已经蔫巴巴的，变黑了，不能吃了。

有一天我从学校回来，罗莎正在剥豌豆。我问她："罗莎，我什么时候就该回去呀？"

她停下手中的活儿，若有所思，停了一下才开口了："怎么突然问这个呢？和我们在一起不开心吗？想妈妈了？"

"开心是开心……就是有点儿想妈妈……"我说，"我怕妈妈再也不想我了。"

罗莎分了我一点儿豆荚，叫我也来剥。"你看看豆荚里有多少颗豆子。每个豆荚都有好几颗，你的心也一样，可以装下好多人呢。"

她掰开豆荚拿给我看，说："你数一数。"我伸出手指头，挨个点了一遍说："七个。""对吧？"罗莎拿了一个空豆荚，在我鼻子上蹭了蹭，弄得我直痒痒，她接着说，"你看，大家都装得下：德尔娜、我和阿尔基德，三个孩子，还有你妈妈。"

我喜欢帮罗莎做事儿，我拿起湿漉漉的豌豆荚，掰开硬硬的壳儿，把白白的豆子一颗颗抠了出来。我还喜欢听豆子落在陶瓷碗里的声音，看豆荚慢慢在桌子上堆成小山。

罗莎转头望着窗外说："等麦子长高了，变得金黄，你就要回去了。"

我一听赶紧朝窗外望去，想看看地里现在是什么样子：窗外阴沉沉冷冰冰的，田里光秃秃一片，什么也没有。

过了一周，终于出太阳了。德尔娜下班回来跟我说："明天我们坐班车去博洛尼亚。"

我把头探出窗外，田里还没有高高的麦子。我心里想，要把我送走了吗？秘密基地还没有修好呢……

"他一拉小提琴，我们就要捂住耳朵呢！"卢吉奥笑话我了。

我想说，才不是呢，塞拉菲尼老师说我很有天赋，已经有很大进步了。但我又想，卢吉奥这样说，只是为了让我不要很快回南方去。德尔娜赶紧让我们放心，她说："还没到时候呢，我们去博洛尼亚，有惊喜在等我们。"

第二天我们都打扮得漂漂亮亮的，像过节了似的。我们从班车上下来，一路走到了广场，来到了先前迎接我们、把我们交给新家庭的地方。大厅门口已经有乐队在等我们了，而且还摆了好多桌子，上面有很多吃的。看见相同的场景，我觉得我要被送回去了。我紧紧拉着德尔娜，生怕他们把我带走。

乐队奏响了音乐，德尔娜爬上了那个木头搭建的舞台，留我一个人站在原地。我本想叫她下来，不要唱歌了，虽然我从来没和她说过，但她唱歌有点儿跑调。不过还好，她只是上去讲话的。德尔娜说，今天来了一位非常重要的客人，她很睿智，看问题不带偏见，请她到这儿来，就是想让她亲眼看看，火车把孩子们送来以后是什么情况。她舟车劳顿，不远千里地赶来，还要把消息带回去，带给孩子的妈妈。这时响起一阵鼓声，一个矮胖矮胖的女人爬上了舞台，盘着头发，胸前挂着三色丝带。

我简直不敢相信自己的眼睛。我在舞台前的人群中看到了托马西诺，他和大胡子爸爸就站在第一排。我在人群里挤来挤去，好不容易才挤到他身边。我跟他说："快跑吧，帕乔琪亚来了！"

托马西诺没听见我的话。帕乔琪亚拿着话筒，正朝我们大声喊话呢。她说，能受邀请来这里，她感到很荣幸。老实说，刚开始那会儿，她对火车的事还挺怀疑的，但现在到这儿来了，看见我们白白胖胖，穿得漂漂亮亮的，她都有点想加入共产党了，但因为信仰的缘故，她还是支持君主制。说完帕乔琪亚笑了，露出光秃秃的牙龈。人群里掌声雷动，她点点头，鞠了一躬，我觉得她有点像在那不勒斯民歌节上演出的女歌手。

德尔娜过来了，站在托马西诺旁边。"她怎么找到我们的呀？"我问。

"是我们邀请的她。我们想让她来看看：你们的手脚都还在呢，也没人被送到苏联去。"

"那她不是来带我们回去的？"我想再确认一下，又问了一遍。托马西诺用胳膊肘顶了顶我，食指放在嘴上，叫我别说话。

"帕乔琪亚能来，可真是太好了！"托马西诺笑着说，"小胡子在这儿很流行。"

帕乔琪亚跟市长在大厅里走动，品尝北方的特色美食。她一边吃喝，一边说个不停。她走到每个小孩身边，问他们从哪里来，爸爸妈妈是谁，在这里过得怎么样，上学了没有。她听到的回答也都差不多，大家说，刚来那几天确实有点儿想家，但慢慢就习惯了这里的生活，现在过得比家里好多了。我和托马西诺走到她身边，扯了扯她的衣服。"帕乔琪亚，帕乔琪亚！"她先是没认出我们，她愣了一下，然后笑了，露出光秃秃的牙龈。"帕乔琪亚。"我说，"你看！这里有**尊严**！"

她伸手来抱我，说："小帅哥，你长大了。现在回去，你妈妈肯定不认识你了。来，让我亲亲。"说完她就亲了我一下，胡子毛茸茸地扎着我的脸。帕乔琪亚本来还想亲托马西诺，但他逃走了。我问了问我妈妈的情况，又了问老桑德拉和胡同其他人的情况。我们来之前，帕乔琪亚想方设法不让我们走，不过等回去时，她房间里的小胡子国王像说不定已经被列宁先生取代了，谁知道呢？

见面会快结束了，还要给我们拍照。"笑一笑。"摄影师说。但帕乔琪亚不满意。"等一等！"她转过头，叫我们把手都举起来，"这样那些多嘴的人就不会再说你们的手都被砍掉了！"

后来学校把这张照片挂了出来，照片上我们都举着手，咧着嘴，露着大牙。

26

德尔娜之前跟我说，等天气暖和了，出太阳时，我们就去海边玩。这一天终于到了，这是一个星期天，我们起得很晚。我睁开眼睛，阳光从窗户照了进来，洒在床上，映出了一道道光斑。我探头往外看，麦田已经有些发黄，但麦子还没长高。

我在厨房找到了德尔娜，她已经准备好了。她穿了一件我从来没见过的浅色衣服，很漂亮。平时她总穿一件白衬衫，配外套和灰裙子，就连星期天也这么穿。最早那会儿，她穿的是黑裙子，但她说守丧的日子已经结束了，人要往前走。德尔娜有个小包，总是随身带着，她把那个男人的照片放在最里层，从来不给别人看。但她让我看了，就在昨天，她把照片拿出来给我看。德尔娜说，他是个勇敢的男人，一个真正的共产党员，在一次反法西斯行动中牺牲了。德尔娜合上小包，再也没有说什么。但今天她换掉了深色衣服，把鲜艳的裙子拿了出来。

照片里的男人很瘦，笑得很开心。罗莎跟我说，我和他很像，他的眼睛也是蓝色的。德尔娜是在党内会议上认识他的。当时德尔娜站在台上讲话，罗莎、阿尔基德和其他同志都坐在下面听。突然一群年轻人走了进来，站在窗户旁边听她讲话。德尔娜转头去看，第一眼就看见那小伙子了，她就愣了，好一会儿才缓过神，又继续演讲。

他们恋爱了，那小伙子想在战争结束以后和德尔娜结婚，但他比德尔娜小两岁，所以党内的同志都表示反对。罗莎说，有时候党内的同志比乡下的农妇还保守，他们谈论自由，从来不会真的给别人自由，尤其是给女人自由。德尔娜觉得很痛苦。

悲剧发生以后，德尔娜穿上了黑衣服，变得沉默寡言。她一心扑向工作，再也没有笑过。"然后你来了。"说完，罗莎捏了捏我的脸，她对里沃和卢吉奥也这样。

德尔娜理了理裙子的腰，她看起来真像个小姑娘，还涂了口红。

"今天我们所有人都要去海边。"她一边说，一边往篮子里放了奶酪和熏肉，接着她又拿起一瓶水放了进去。德尔娜给我准备了崭新的白色短袖、蓝色短裤和带扣的皮鞋。我已经不数人们脚上的鞋子了，北方人穿的鞋子要么只有一点点旧，要么就是全新的，所以没什么意思了。而且就算我数到一百，我也不知道该期望什么，现在我什么也不缺。我穿上鞋子，想跑两步，我跑到厨房，围着餐桌跑了一圈、两圈、三圈、四圈，我冲向德尔娜，一把抱住了她。德尔娜往后退了几步，失去了重心，倒在沙发上。我们在沙发上打滚，我没放开她，我把脸紧紧贴在她的肚皮上，感受她的气息。德尔娜也没松手，我们就抱在一起，像两个傻瓜，穿着我们的春装，躺在沙发上哈哈大笑。

阿尔基德来敲门了，里沃和卢吉奥也跟他一起，德尔娜拿上篮子，罗莎抱着宝宝，我们一起出发了，坐班车到海边去。一路上我们唱起了歌："德尔娜万岁！罗莎万岁！自由万岁！"

沙滩上阳光明媚，暖洋洋的。海面没有浪花，平静得像一面镜子。其他小孩已经到了，有一些是和我一块儿坐火车来的。托马西诺看见我了，向我扔了一个沙球。

我们没见着玛丽。托马西诺说，她的新爸爸妈妈想让她永远留在身边。"那她的鞋匠爸爸呢？"我问。托马西诺卷起裤腿，脱掉了袜子。他抬头望着天说："要是新爸爸妈妈能养活玛丽，那可真就帮了鞋匠爸爸的大忙了，减轻了他的负担。"我望了一眼德尔娜、罗莎和阿尔基德，不知道他们愿不愿意让我永远留在他们身边。

"我这里的爸爸说，只要我想回来，随时都可以回来。"托马西诺接着说，"家门会为我一直敞开。等暑假到了，他们就来南方看我。他们之后也会照顾我，帮助我。"

我把外裤脱掉，露出了蓝白相间的条纹泳裤，这是来之前德尔娜叫我事先穿上的。托马西诺笑了，说："你干吗啊？当着大家的面，就穿一条小裤衩？"

"这是泳裤。"

"你不是说，大海一点儿用也没有吗？"

"那你想不想看看？"

我在沙滩上跑起来，冲向了大海，脚下的沙子细细的、凉凉的。我继续往前走，直到海水漫过了膝盖，也没有停下。海水变得冰凉刺骨，但我不想让托马西诺瞧不起，我要让他看看，我已经和北方人一样了。

德尔娜小时候擅长游泳，她跟我讲过怎么游泳，我认为我已经学会了。托马西诺站在沙滩上喊我："亚美利，你去哪里？"

我转过头，但我没往回走。我看见德尔娜站在太阳伞下面，正和其他几位太太聊天。我朝她喊："德尔娜，快看我。"她刚转过身，我就一个猛子扎进海里，海水漫过了头顶。我按照德尔娜教的方法使劲儿蹬腿、划水、探头吸气，但我感觉咸咸的海水灌进了我的嘴巴和鼻子，让我完全吸不上气来。我又沉了下去，眼睛也睁不开了。

太不可思议了，海水平时看起来轻飘飘的，一旦漫过了头顶，就变得很沉很沉，把人拖到海底。我努力回想德尔娜说的话，拼命往上游。我好不容易把头探出了海面，看见托马西诺站在那儿哭，他头发乱糟糟的，像北方爸爸没给他抹发蜡之前的样子。德尔娜朝我这边跑了过来，她浅色的裙子绊在了腿上。我的眼睛进了海水，看不清她的脸，我没力气了，踩不到底。我肯定，德尔娜的脸色肯定和开会那晚一样，她被那个党内大人物批评以后，脸色铁青地回家了。我坚持不住了，慢慢沉了下去，我闭上眼睛，听凭海水灌进喉咙，我快窒息了。

这时有人一把拉住了我，是德尔娜的手，她紧紧拉着我，丝毫不肯松手。她使劲儿划水，我感觉脑袋没有刚才那么沉了，眼前也没有那么黑了，德尔娜的力气比海水大多了，她把我从海里拉了起来。我两眼一黑，眼前闪过妈妈的模样，老桑德拉的坏笑，后来什么也不知道了。

我睁开眼睛时，德尔娜正在按我的胸口，她每按一下，咸咸的海水就从我的鼻子和嘴巴喷出来。罗莎用一块布把我裹了起来，好让我暖和暖和。那块布本来是铺在沙滩上晒太阳用的。阿尔基德递来一瓶醋，放在我鼻子下面，让我闻闻。里沃和卢吉奥站在旁边，什么也没说。托马西诺还在哭，停不下来。

德尔娜的头发湿了，口红也被海水冲掉了。她两眼变成了大海的颜色。"不要丢下我。"我紧紧拉着她说。

"我不会丢下你的。"德尔娜说，"我会永远在你身边。"

我和德尔娜抱在一起，这是今天第二次了，但这次我们都没笑。

27

　　麦田里一片金黄，麦子也长得很高了。早上外面起了雾，看不见太阳，也看不见路，这样的路好像永远也走不到尽头。

　　罗莎给我准备了一袋子三明治，她在行李箱里还装了几瓶果酱，有桃子味的、李子味的和杏子味的，都是她自己做的。出发前，我和罗莎一起把披萨饼从烤箱里端了出来，罗莎在饼上放了奶酪和萨拉米香肠，她用油纸把饼包了起来，又裹了一层黄白条纹布。"这是你的。"她说，然后把剩下的面包拿进了屋，这些面包我吃不到了，这是他们午饭要吃的。

　　里沃和卢吉奥在牛棚等我，我们要在秘密基地的木板上刻自己的名字。等我们仨都写好了名字，卢吉奥掏出一把小刀，在下面刻上了几个字：本韦努迪。

　　他说："这是我们的家。"看到自己的名字后面加上了他们的姓，我觉得有些奇怪，但我心里还是很幸福。

　　阿尔基德来叫我了："孩子，我们走吧，不然赶不上班车了。"

里沃和卢吉奥来跟我告别。"等一下哦。"说完我就跑回德尔娜家。不一会儿，我握着弹球又跑过来，那是我来的第一天捡到的。我伸出手跟卢吉奥说："这是你的。"

他回答说："你拿着玩吧，我确信你下回来时会带给我，你又不是小偷。"他微笑着，用衣袖擦了擦眼睛。

在班车上，阿尔基德和德尔娜都不说话。上次从海边回来以后，德尔娜就收起了她的鲜艳裙子，也收起了她的笑容。今天我要走了，她穿上了白衬衫和灰裙子。窗外灰蒙蒙一片，起雾了，只能看见路边的大树和深色的房子。突然有雨滴落在车窗上，先是一颗一颗的，然后连成了串儿。"热了这么久，"阿尔基德说，"终于下雨了。"

这是我们出发以后阿尔基德第一次开口。"下点雨对庄稼有好处。有些事情看起来是坏事，其实是好事。对吧，德尔娜？我们的亚美利哥要回去了，能拥抱妈妈了，我们要为他感到开心！"

德尔娜没答话，我不想看到她难过。像来的时候一样，我脱掉了鞋子，在她耳边说："我们唱'团结歌'好不好？"

德尔娜勉强挤出一个微笑，她唱起了歌。这回她没跑调，她先是唱得很小声，等我们下了车，她的声音越来越大："虽然我们都是女人，但我们毫无畏惧，出于对孩子的爱，出于对孩子的爱……"每当唱到"孩子"时，她就紧紧地捏住我的手，就像那次她把我从海里捞出来一样。阿尔基德和我也跟着德尔娜一起唱：我走在中间，他俩牵着我，一路走一路大声唱。在车站里也在唱，我们一直唱到火车跟前。

　　火车上挤满了小朋友，但比来的时候少了很多。有的留在这儿了，和新爸爸妈妈一起，比如玛丽；还有的因为想家，或生气，早就回去了，比如罗莎娜。我在人群中认出了托马西诺，他抹了发胶，头发油得发光了。他爸爸的胡子长长了，向上翘着；托马西诺的北方妈妈像罗莎一样，也给他准备了一大包吃的。阿尔基德在车厢里帮我收拾行李，德尔娜站在站台上，拉着我伸出窗户的手。我们什么也没说，只是唱歌，直到火车开了，德尔娜的手才松开，她的身影越来越小，到最后她的白衬衣远远只剩下一颗白点。

　　我坐在其他小孩中间，又是孤零零一个人了。

　　"怎么了？"托马西诺问，"舍不得啦？"

　　我没答话，把头偏向一边，假装要睡觉了。

　　"这很正常，"他说，"现在我们被分成了两半了。"

　　我不想说话。托马西诺拉开外套，给我看了一下他北方妈妈绣的花，他说上面还缝了夹层，里面装了钱，如果他想大家了，就可以坐火车回来。

　　"晚安，托马西。"

　　"别难过，亚美利。"

阿尔基德帮我把琴盒放在了行李架上，我站起来检查了一下。我在脑袋里复习了塞拉菲尼老师教的练习曲，回到南方以后，我可以练习，我还可以请教卡罗丽娜，让她教给我一些新曲子。要是妈妈看到我拉得好，没准能送我去音乐学院，等我回摩德纳，阿尔基德一定会请塞拉菲尼老师来听我拉琴呢。那时候我的小牛亚美利哥也该长大了，很可能已经长成了一头健壮的公牛。我会帮里沃给奶牛和小牛喂水，纳利奥应该已经学会走路了，学会说话了，我们会一起钻进秘密基地，把他的名字也写在木板上。

我摸了摸衣边，什么都没有，没有夹层，德尔娜没给我坐火车回去的钱。也许再过几个星期，小牛就忘记我了。他们都会忘记我，到了晚上，他们坐在餐桌旁聊别的事情。他们会聊到另一批北上的小朋友，或者奶牛又怀孕了，他们会用别的小孩的名字给新生的小牛起名。

我曾经拥有的一切，现在都没有了：生日蛋糕，数学课上法拉利老师打的满分，窗边开灯关灯的暗号，钢琴散发的味道，刚烤好的面包和德尔娜的白衬衫。我把琴盒取了下来，揭开盖子，伸手摸了摸琴弓。我读了一遍琴盒上的名字：亚美利哥·斯佩兰萨。我想起了卡罗丽娜，我要把我的小提琴拿给她看。想到这里，我心里没有那么难过了。渐渐地，我现在的生活远去了，我曾经的生活又回来了。脑海里，德尔娜、罗莎和阿尔基德的面孔被我妈妈安东妮耶塔、帕乔琪亚和老桑德拉的面孔取代。

托马西诺说得对，现在我们的生活被分成了两半。

第三章

28

火车进站了，我把头探出窗外，寻找妈妈的身影，可我没看到。车站人很多，我闻到一股刺鼻的味道，像罗莎家的牛棚，只是没有奶牛而已。

下了火车，托马西诺径直冲向了原来的妈妈，他昨天还抱着大胡子爸爸和北方妈妈呢。托马西诺跟着阿尔米达太太，也就是他的南方妈妈，还有他的亲兄弟手拉手走了，都没和我说声"再见"。我想，要是我见到了妈妈安东妮耶塔，几个月以来发生的一切也会被马上抛在脑后吧。我真想跳上火车，马上回北方去。

我在人群找到了妈妈的身影，在一个拖着两个栗色行李箱的胖先生身后，我看见了妈妈。妈妈的头发披在肩膀上，她穿了件好衣服，就是上面有碎花的那件。她没看见我，可我看见她了。她东张西望，好像很害怕，以前我见过妈妈害怕的样子，就是她跟我讲大轰炸夺走了外婆生命的时候。

我用尽全力跑了过去，从后面一把抱住了妈妈。我紧紧抱着她的腰，鼻子贴在她背上了。妈妈以为来了个小偷，用胳膊肘顶着我的脑瓜。她转头看见我了，大喊："你要吓死我吗！"她蹲下来，摸摸我的头，捏捏我的胳膊和腿，仔细检查了一番，好确保我身上的零件都好着。妈妈蹲下来，看着我的眼睛，她伸出手，我以为要摸摸我的脸，可她只是帮我理了衣领。妈妈站起来，看我个子长到她哪儿了。然后她说："你长高了，狗尾巴草长高了……"

回家路上，都是我一个人在说话，妈妈却什么也不问，只是默默走路。

"小牛出生以后，大家给它起了名字，叫亚美利哥。"我得意扬扬地说。"是呀，"妈妈开口了，"家里一个捣蛋鬼还不够，得有俩叫亚美利哥的小家伙。"说完，她在我的后脑勺上轻轻拍了一巴掌。我趁机往上瞥了一眼，想看看她笑了没有，还好妈妈笑了。

我接着跟她讲北方的家里怎么样，学校怎么样，大家都吃什么，但妈妈不想听了。那就好像有人做了场梦，早上起来给别人讲，可谁都不感兴趣。但我经历的一切都不是梦，我穿着新衣服、新鞋子，琴盒里有阿尔基德亲手做的小提琴，行李箱也塞满了大家送给我的东西，这一切都是真的。

我们到胡同了。天气很热，女人都扇着扇子。妈妈开了门，把行李箱放在地上。我抱着琴盒，不知道放在哪里好。我没有自己的房间，也没有自己的床。我看了看妈妈的床，又看了看床下，以前那里放着"大铁头"的东西，现在没有了。妈妈说："'大铁头'走了。"

"警察又把他抓走啦？"

"他跟老婆孩子搬到阿夫拉去了。从现在起，我们要自己照顾自己了，就我和你。"妈妈把昨天剩的面包放在了桌子上，又倒了杯牛奶说，"吃点儿东西吗？坐火车饿了吧？"坐火车去北方前，我每天都吃这些东西，可现在我觉得太凑合了，生活又变得紧巴巴的了。我打开行李箱，把果酱、奶酪、火腿和肉肠通通拿了出来，还有用餐布裹得严严实实的萨拉米披萨饼，上面还有罗莎家厨房的味道呢。除此之外还有新鲜的意大利面，是昨天才做的，我帮罗莎打了蛋，和了面，面粉装在盆里，能到胳膊肘那里。我觉得，过去的不像是一天，而像一年。

我把瓶瓶罐罐挨个儿摆好，就好像要过节一样，我们家的小桌子简直都放不下。妈妈过来挨着摸了个遍，还闻了闻，就好像在市场上选菜，要看看新鲜不新鲜。"看看，现在是孩子给妈妈带吃的了。"

我用妈妈给我的硬面包蘸了牛奶，在上面抹了点儿罗莎做的果酱。"你尝尝呀，罗莎家自己种的果树。"妈妈摇摇头说："你吃吧，我没胃口。"说完，她把我的衣服、笔记本、教科书、钢笔和铅笔都拿了出来。"以前别人都叫你'诺贝尔'。现在好了，你在北方还学了音乐。"她指着我的琴盒说。

妈妈打开琴盒，木头的味道扑面而来，还有阿尔基德店里的胶水味。"是北方的爸爸给我做的，琴盒里还有我的名字呢，你看！"

"我可不认字。"妈妈说。

"你想看我拉琴吗？"

妈妈抬头看了看说："你听好了：你只有一个爸爸，他去外面挣钱了。他发了财就会回来，还会带很多礼物给你，我们也不用靠别人施舍过日子了。"

妈妈从我手里拿过小提琴，仔细看了看，就好像那是一头诡异的野兽，随时都会张嘴咬人。"我们得自己照顾自己了。我已经跟上次那个鞋匠说好了，你到他店里学手艺，等过段时间，学得差不多了，他会给你一些工钱……"

这一刻，我多希望这里的生活只是一场梦。我希望等我睁开眼睛，我还在德尔娜家，躺在床上，床单上洒着一道道阳光，这样的生活才是真的。

"法拉利老师说，我数学特别好……"

"那他有没有跟你说，谁给你钱供你上学？"妈妈吼了起来，"你有没有跟他说？你妈妈不偷不抢，我们这儿都是老实人！"

她在房间里转来转去，把我带的东西全收了。吃的也好，穿的也好，还有笔记本，我根本没看清这些东西被收到哪儿去了。

"这个你现在也用不上。"说完，妈妈把小提琴装进写着我名字的琴盒里，塞到了床下。我什么也没说，只是把手揣在兜里，捏着卢吉奥的弹球，让它在指间滚来滚去，这是唯一剩下的东西了。

29

"你好啊，安东妮耶塔！"门开了，老桑德拉笑嘻嘻地走了进来，"我能把这个小家伙领到我那儿去待会儿吗？我想看看他还记不记得洋葱煎蛋怎么做，有没有忘记？"

"您说对了，他肯定已经忘了。他在北方连妈妈都忘了，踏进家门，他就没笑过了。他现在脑子里只有小提琴和加减法。"

"安东妮耶塔，您说什么呀？那都是小孩子脾气，过阵子就好了。哪有小孩忘了妈妈的？"老桑德拉冲我使了个眼色说，"快到我那儿去，我要用汽水给你醒醒脑子。"

老桑德拉的破屋子还是和原来一样。"我的宝贝盒子还在吗？"我往埋宝贝的地方指了指问。

"没人动你的东西。"她边说，边往杯子里倒了些泡腾粉，好给我准备汽水。

我们沉默了一会儿，不过这样也不错。

"妈妈不爱我了。"我说，"是她把我送到北方的，现在又要生我的气。我要回北方去，那里大家都很想我，他们还会爱抚我。"

"才不是呢。"老桑德拉切着洋葱说，"你妈妈从来都没有得到过爱抚，她怎么给你爱抚呢？这么多年，她一直都为你操心，现在你长大了，要帮她分担一下。生活让我们失去了很多东西。你妈妈失去了一个儿子，我失去了特蕾莎。"

特蕾莎的事我以前在胡同里听说过，但老桑德拉从没跟我亲口讲过。我问她："发生了什么？"

"那年她才十六岁啊。特蕾莎是我姐姐的女儿，她已经有四个女儿了，她把特蕾莎送到我这儿来，我拿她当亲生女儿一样养大。我的特蕾莎又聪明又漂亮。法西斯投降了，她加入了游击队，爱上了一个游击队员，她跑前跑后，给游击队送信。有一回她参加行动，在德国兵身上捡了一把手枪，那个德国兵已经死了。她跟我说，那士兵死了之后，看起来都不像德国人了。他的头发是金色的，瞪着眼睛，虽然死了，可像活着似的。特蕾莎把枪藏了起来，没跟任何人提起过，要不然队里的男人准会把枪收走，只有我知道她有枪。1943年9月27日，马赛利亚-帕亚罗内区发生了一场战斗。那天一大早特蕾莎就出门了，我发现她不在家，就马上去找她了，我在城里找了一圈也没找到。最后听人说，沃梅洛山那儿设了堡垒，游击队在作战。我赶紧跑过去找她，空气里弥漫着火药的味道，周围滚滚浓烟，什么都看不清。突然我一抬头看见了特蕾莎，她手里拿着枪，和男人站在一起，站在一个堡垒后面朝德国人开枪。每开一枪她浑身都会抖一下，可她根本不愿后退半步。我喊她：'你下来，从上面下来！'特蕾莎看了我一眼，冲我笑了一下，但她没下来。她和那些男人站在一起，一边开枪，一边发抖。最后我听到砰的一声，那是最后一枪。特蕾莎不抖了，她动不了了。两天以后，德国人跑了，整座城市都解放了，可我的特蕾莎永远也不会知道了。"

老桑德拉把洋葱放在案板上，切得很碎很碎，她眼睛里全是泪水。等洋葱煎蛋做好了，她取出一块绿色桌布铺在桌子上，又拿来两块餐巾。我俩什么也没说，屋里只剩下叉子和盘子碰在一起发出的声音，还有我们喝水时咕噜咕噜的声音了。

回到家，妈妈本来已经睡了，我推开门把她吵醒了。"啊，是你呀！快过来，到床上和我躺会儿……"

我躺在床上，才下午三点，妈妈已经换上睡衣了。她好像很累，但看起来还是那么漂亮，我甚至觉得她比之前漂亮多了。妈妈的头发黑漆漆的，已经长得很长了。她嘴唇红润，像涂了口红似的，可她哪儿有口红呢。我想德尔娜了，还有她柔软的金发。

妈妈枕着枕头，伸手摸了摸我的头发。我躺在她旁边，又闻到了她的气息。我记得之前很想念她的味道。迷迷糊糊地，我梦见了德尔娜：我们在海边，腿上沾满沙子。海水刚开始轻飘飘的，突然变得很沉，要把我拖到海底。我往沙滩上望，所有人都走了，就连阿尔基德、里沃、卢吉奥和托马西诺也走了，只剩下德尔娜。我真要沉到海底，她向我挥手告别。"救命！我要淹死了，快来救救我！"德尔娜站在那儿看着，金发在空中飘扬。我不知道她到底是在笑，还是在哭，最后她也转身走了。

我惊醒了，全身都是汗。我看看妈妈，她还沉沉地睡着。

30

以前出门，妈妈走在前面，我紧紧跟在后面。可现在我都一个人走路，偶尔也能和托马西诺一道。

我又过上了平常的生活，但和去北方之前全变了样。夏天就要过去了，天还是很热。每天早上，我都到玛丽的鞋匠爸爸的店铺里，学抹胶水，钉鞋钉，有时候还要用很小很小的钉子把鞋底钉起来。久而久之，我手上长了茧子，原来练小提琴磨出的茧子也没有了。玛丽的几个兄弟看我不顺眼：本来活儿就不多，我还要抢走他们的饭碗。玛丽时不时会寄信过来，信上的字很大，写得歪歪扭扭的。她的鞋匠爸爸不识字，刚开始一封信也不拆，到后来又叫我帮他念念。我特别愿意读那些信，我也想知道玛丽现在过得怎么样了，我想回味一下在北方的生活。

然而，信一封封读下去，玛丽的口吻和记忆中的越来越不一样了。她给我们写信是因为她觉得这是一种义务，可实际上她已经不在乎我们了。我的心里很难过，最后我不给她爸爸读信了，我说信读多了，眼睛有点儿不舒服，也许真是这样。

妈妈又干起了缝纫活，她要给罗马大街和勒缇费洛大道的贵妇做些缝缝补补的活儿。她干活时，我就到老桑德拉家里去，可老桑德拉的屋子也热得让人受不了。我跑去找托马西诺，叫他跟我去城里转转。有时候，我们会在胡同里找个阴凉的地方坐坐，或者躲在圣赛维罗礼拜堂里，偶尔也去市场上看看，或跑到音乐学院门口蹲着。

就是在音乐学院门口，我认识了卡罗丽娜。有一天，我坐在门外的台阶上，听里面飘出来的音乐。门卫过来要赶我走，他觉得我是来偷乐器的，再卖给美国人换钱。他说，学校已经丢了根长笛和单簧管。我急得要哭，大喊："我可不是小偷！"这时卡罗丽娜走出大门，那会儿她还不认识我呢。她跟门卫说，我是她表弟，坐在门口等她。那个门卫离开之前，凶巴巴地瞪了我一眼说，反正不许坐在门口。

卡罗丽娜笑着问我："你在这儿做什么呢？真的来偷乐器吗？"

"我才没有！我是来听音乐的，我会在脑子里把它们连起来。"

从此，卡罗丽娜就常带我去剧院玩了。她有个亲戚是剧院的门房，可以让我们进去。有时候我们能见到乐队彩排，运气好的话，还能看见演出。台上的演奏家在调试各种乐器，我和卡罗丽娜躲在一号台后面，黑漆漆的，我能闻到她身上的紫罗兰香味。整个剧场静悄悄的，指挥两手张开，好像要拥抱大家似的。他在空中画了两个圈，音乐瞬间响起，每个人都开始演奏。

　　从北方回来以后，我总选同样的时间到音乐学院门口坐着，等卡罗丽娜出来，可我一次也没遇上她。

　　我认识卡罗丽娜的一个同学，有一天我打听了她的下落。原来她爸爸失业了，她和几个兄弟放学以后都得去干活，所以不能来音乐学院了。我想打听卡罗丽娜住在哪儿，她同学跟我说，可能在佛利亚大街，但不确定。后来有天下午，我和托马西诺顶着太阳，走遍了佛利亚大街也没碰见卡罗丽娜，我们垂头丧气地回家了。我们去帕乔琪亚的屋子里逛，原本放在她家的小胡子国王像已经不在了，可也没看到列宁同志的照片。我和托马西诺都记得，那天她身上挂着三色丝带，爬上木板搭建的舞台发言的情景。我们谁都没说去哪儿，只是沿着勒缇费洛大道径直往火车站走。路上我们大部分时间都没说话，只是偶尔提了几句北方的事儿。

　　我和托马西诺成了"喇叭"，就是一个老在广场出现的傻子的外号。他在前线被炸弹震坏了脑子，回来以后天天和别人讲同样的故事，可谁都不愿意听。大家说："得了吧，喇叭，你们打仗已经打输了，还不让大家静一静？"胡同里，大家也是这么对我和托马西诺的，不过对于我们来说，战争才刚开始。起初大家问我们：你们去了哪儿了？那里讲方言吗？都吃什么啊？天气冷不冷？过了些时日，只要见到我和托马西诺，大家就会嘲笑我们：北方人来喽。最后我和托马西诺只能在去车站的路上，聊一聊北方的生活了。

慢慢地，我们记住了所有的发车时间和站台。每次有火车要出发去博洛尼亚，我们都会盯着那些旅客看。他们拖着大包小包的行李，一脸疲惫地走上火车，我就会想起出发那会儿，我们把外套丢出窗外的情景。妈妈给我的苹果，我装在裤兜里了，火车开动了，她一个人在站台长椅上，变得越来越小。那时候车厢里除了我、托马西诺和玛丽、那个缺了牙的金发男孩，还有那个头发黝黑的男孩。大家都挤在火车上，有的怕得不得了，担心自己被送到苏联去；大家都不知道坐火车去干什么。

"大胡子爸爸经常给你写信吗？"我问托马西诺。德尔娜跟我说，她每星期都会给我写信，可现在已经三个月了，我一封信都没有收到。我默默希望托马西诺说"没有"。

"经常写啊！"托马西诺开心地说，"他们还给我寄东西呢，橄榄油、葡萄酒、萨拉米香肠啊，都是他们自己家产的。信里也有大家的照片。你呢，还没收到信吗？"

我耸耸肩，不说话了。

"每过两个星期，我妈妈就到玛达莱娜那儿去拿信，取包裹，每次都有……"

"托马西，我们赶快上火车吧。火车要出发了，我们到博洛尼亚去，然后坐班车到摩德纳，我们可以回到原来的生活了！"

托马西诺不知道我是在说真的，还是在和他开玩笑。"那我们走吧，走呀……"他说，"去找帕乔琪亚要两里拉，买个千层酥，我们平分。"说完他转身往车站的出口走。我站在原地看火车呜呜开动了，直到听不见汽笛声，我才离开。

31

　　我一个人走在勒缇费洛大道上，盯着大家的鞋子看：旧的、坏的、有破洞的，甚至换过鞋底的，什么样的鞋子都有。我到鞋匠店帮忙以后，每天能看见许多这样的鞋子：鞋尖破了的，鞋跟或鞋带断了的，还有穿久变形了的。每双破鞋子背后都有个可怜人，每个破洞都代表一个跟跄，每个裂口都是一个跟头。总之，数鞋子已经不再是游戏了。

　　我脚上的鞋子挤得脚疼。阿尔基德买给我时，还新崭崭的，现在脚后跟那里很挤。鞋子没坏，是我脚丫子长了，鞋子已经不合适了。路上，我看见到处都挂着民歌节的彩灯，几个小伙子走在我后面，他们拿着手鼓和菩提普琴[1]正在唱今年参赛的曲子。马路对面站着五六个女孩，都是乡下姑娘的打扮，也跟着唱了起来。身后的小伙子冲那几个姑娘抛飞吻，她们都笑了，却转过头去，当什么也没看到。我瞧了瞧四周，路边有卖橄榄油脆饼和羽扇豆的小摊，好多小孩穿得

1　那不勒斯民间乐器，形状像二胡，由鼓膜、鼓桶、鼓棒组成。

漂漂亮亮的，牵着爸爸妈妈的手。勒缇费洛大道上的行人越来越多，我记得妈妈送我去火车站那天，路上也这么多人。人潮像失控的野兽，把我左推一下，右推一下。

在北方德尔娜和罗莎那儿，街上可没这么多人。现在好了，我已经不习惯人多了，这里让我简直喘不过气。我看见好多人都化了妆，有的还戴了面具。我只想离大家远远的，于是我沿着大道跑到了街道的尽头，拐过街角，就到圣多梅尼科马焦雷广场了。

我走啊走，不知不觉走到了音乐学院大门口。我的小提琴放在妈妈床下，很久没拿出来过了。只要我练琴，妈妈就头疼。

天气很热，教室窗户都开着。空气静止了似的，没有一丝风吹过，只有音乐传了出来。我闭着眼睛坐在台阶上，听见有人远远喊我："亚美利哥！亚美利哥，是你吗？"

卡罗丽娜朝我跑了过来，可我没看见她的琴盒，她站在我面前，我又闻到了紫罗兰的香味。"你很久没来接我下课了，我还挺担心的……"

她盯着我，就像我是死而后生的幽灵，也许真的是这样呢！

"我去了很远的地方。"我说。卡罗丽娜长高了，像个大姑娘了。

"是个好地方吗？"

"我还学了小提琴呢，选乐器时，我……我想起了你。"

她掉过了头去。我想，她不想和我做朋友了，但实际上她只是很伤心。"我的小提琴被当掉了。爸爸丢了工作，家里有四个孩子，每个人都得找活儿干。换作我的话，肯定留在那个好地方了。"

"你教我吧，我给你拉我的琴，好不好？"卡罗丽娜弯下腰，我先是闻到她的香味，然后一个吻落在了我脸颊上。

我们向我家走去时，起风了。风不大，一阵一阵把紫罗兰香气都刮过来了，让我一阵阵激动。"你还去剧院吗？"走了好久，我终于忍不住问她。

"去过几次，可没那么有意思了，我原本以为你不回来了。"

托莱多大街上人越来越多了。大家都要去平民广场看挂满彩灯的教堂，还有参加游行的节日彩车。帕乔琪亚说好多彩车淋了雨，用不了了，现在只剩下四辆了，有一辆叫"南北号"。她说"南北号"是儿童救济委员会请"伊尔瓦钢铁公司"的工人专门做的，用来纪念我们的火车之旅。

罗马大街挤满了人，看起来比我们住的胡同还要窄了。我拉着卡罗丽娜的手，带她往回走，生怕她跟丢了。终于我们到了，站在家门口，我有点不好意思请她进去。我推开门，妈妈没在。卡罗丽娜跟着我也进来了，她左右看了看，没说话。她家是什么样子，我不知道。我本来想跟她说，在德尔娜家有个房间全是我的，从窗户往外看，能看见麦田，可我没说。我走到床边，趴在地板上，外面很热，地板却冰冰的，凉意涌了上来，袭遍全身。我两只胳膊都伸到床底下，摸了半天，什么也没摸到。我钻出来，打开灯，重新趴在床边仔细看了看：我的小提琴不见了，床下面什么也没有。

"可能妈妈放在别的地方了。"我有点儿不好意思地说，"她怕摔坏了。"说完我假装在家里东找找，西找找，最后又趴到床底下看了看。"有点儿晚了，"卡罗丽娜说，"我得回去了，下次给我看吧。"

我记得那晚我收到阿尔基德送的礼物时的情景。他用彩纸把盒子包得好好的，我打开琴盒，闻到一股木头和胶水的味道。那味道和鞋匠铺的味道不一样，琴行和鞋匠铺，根本就不是一回事儿。还有一天，德尔娜掏出妈妈寄来的信，那封信我等了很久，是妈妈请玛达莱娜代笔给我写的。我又想起托马西诺跟我说的话了，他每个月都会收到两封信，还有包裹。我擦擦眼泪，冲了出去。

32

　　玛达莱娜住在圣露琪亚区的帕洛内托大街。我到了那里，看见五六个男孩在街上跑。老实说，坐火车离开以前，我也和他们一样。"你知道玛达莱娜住哪一栋吗？"我问个头最高的那个男孩子。"谁啊？那个共产党吗？"他走到跟前，用凶恶的目光盯着我。我站在原地，不知道为什么，他一下子就扑了上来。有个小个子绕到我后面，他脸上长了红斑。个头最高的男孩子抓住了我的领口，狠狠推了一把。我倒在地上，正要爬起来，却被另外五个男孩一下子摁住了。"你也是坐火车去过北方的，是不是？"个头最高的男孩子说。我没答话，"每天都有人来找那个女人拿信，会带着吃的喝的回家。好哇，他们可算找到了发财的路子！""我们专门在这儿等着呢！"脸上有红斑的小个子插嘴说。可话还没说完，就被那个个头最高的男孩瞪了回去。他看我想站起来，又狠狠踹了一脚，把我踹在地上。他说："整条街都是我们的，想过去就得交出东西，你也不例外。懂了吗？"

　　"我什么都没收到啊。"我回答说，这也是事实。

"等你出来再说，我们在这儿等着。"他向我打了个手势叫我起来，威胁我说，"你去啊，去找那个女党员，我们在这儿等你。"

我赶紧跑上楼，看见一道门上写着"克里斯库洛"。我敲了敲门，脚步越来越近了。玛达莱娜刚把门拉开一条缝，我就钻了进去，生怕后面那些家伙跟上来了。"我是亚美利哥，"我说，"留到最后的那个。""我知道你。"她回答说，"你先坐吧。"

玛达莱娜叫我坐在一张单人沙发上等着，沙发扶手破破烂烂的。我心里想，谁让我来这里啊？她可能连我是谁都不记得了，待会儿下去时，外面那帮孩子还会揍我。玛达莱娜从房间出来了，她拿着一叠信，信封都没有拆，邮票还贴在上面。"瞧，你的信全在这儿。"

我盯着玛达莱娜，没有说话。"我等了你三个月，你有事脱不开身吗？"

"等我？等我干什么呀？"我有点糊涂了。

"等你来回信呀，不然可不礼貌。这些人关心你，他们把你当自己家的孩子，到现在都还给你写信呢。你妈妈说你要自己来拿，可都过去了这么长时间，你一直没来。其他人都来过了。"

说完，玛达莱娜把信交给我。信里是德尔娜、罗莎、卢吉奥和里沃，还有阿尔基德的话。他们的音容笑貌瞬间全浮现在我的脑海里了，我甚至能闻到他们的气息。我猛地站了起来，信都掉在了地上。

"他们还给你寄了吃的，不过你很长时间也没来，我就分给那些有需要的人了，挺可惜的！"

我说不出话了，一下子坐在了地上。我捡起一封信，上面有德尔娜的名字，她写的字母总是细长细长的。我把信紧紧攥在手里，信纸的一角都裂开了。我站起来，把信揣到兜里。玛达莱娜走到我跟前，想抚摸我一下我的头，但我躲开了。去年十一月的一个清早，我们登上了火车，可现在我已经不是当时的小孩了。

"原来你妈妈没告诉你啊。"玛达莱娜这下明白了。我不想在别人面前哭鼻子，可我要是还待在这儿，肯定会哭出来的。"好吧，都是小事儿。"她说，"现在不是知道了吗？我去拿纸和笔，我们回封信，怎么样？"

"妈妈坏透了！"我大喊一声跑掉了。

信全留在玛达莱娜那儿了，我不想看，也不想回。这样也好，不如让他们忘掉我，让我也忘掉他们，忘掉那头名字和我一样的小牛。妈妈做得对，我跟他们还有什么关系呢？钢琴、小提琴、牛棚、扮演成女巫的游击队员、用面粉和鸡蛋做的新鲜面条、"列宁"校长、窗外的暗号、法拉利老师、红色和蓝色的钢笔、外套、外套上的红色胸针、横格纸和方格纸上的字母，所有这些东西是装不进一个贴了邮票的信封的。

下了楼，那几个家伙果然在等我。我伸手给他们看，说："看看，什么也没有。我来的时候空着手，回去时也一样。我什么都没有，我和你们一样，我比你们还惨。"

33

回到家，妈妈已经煮好面条了，还放了黑橄榄和腌马槟榔。以前这是我最爱吃的，但现在我扑到床上。妈妈问我："怎么了？不饿吗？"

我没告诉她我去拿信了。老实说，我没生她的气，虽然从早上我就没吃东西了，但现在已经没什么胃口了。她坐到床边，挨着我，像德尔娜一样。在北方时，德尔娜每天晚上都挨着我待一会儿。"不舒服吗？"妈妈摸了摸我的额头说，"没发烧啊，你脸色不太好。"说完，转头看了看床头柜上哥哥路易吉的照片。"你瘦了。"她站起来，坐到桌子旁边说，"这盘是你的，快来吃吧。"

"我的小提琴在哪里？"我坐在床上一动不动，问。

妈妈没回答。过了一会儿她说："快来吃吧，要冷了。"

我还是不动。"我想知道我的小提琴在哪里。"我的声音有些颤抖。

"小提琴又不能当饭吃，只有有饭吃的人才用得上小提琴。"

"那是我的小提琴。你弄哪儿去了？"我吼了起来。"它该在哪里就在哪里。"妈妈的语气还是很平静。她站起来，绕过桌子走到床边，坐在了我身边。"我用小提琴换的钱，给你买了吃的，还有新鞋，你的脚长得太快了。剩下的钱我存了起来，以后总会用到的，我们要过日子。"说完，她又转头看了看床头柜上的照片。照片里的男孩和她一样，头发乌黑乌黑的。妈妈靠了过来，张开双臂紧紧抱着我，她从来没有这样抱过我。我的鼻子和眼睛都能感受到妈妈的气息，她的胸口很温暖，也很温柔。妈妈的拥抱让我觉得很幸福，我闭上眼睛，屏住了呼吸。

"别做梦了，亚美利。你的生活在这儿。你回来之后，像丢了魂一样，整天在街上乱窜，脑袋里装的都是别的东西。算了吧，你也想生病吗？"妈妈盯着我的眼睛说，"这是为了你好。"

我挣脱妈妈的怀抱，跳下了床。她知道什么是为我好吗？什么才叫为我好？谁都不知道。要是为了我好，我是不是应该像玛丽一样留在北方，再也不回来？要不然就别送我上火车，把我留在家里，难道不好吗？让我去学音乐，以后在剧院拉琴，这难道不好吗？我真想跟妈妈说这些话，可我满脑子都是写着我名字的琴盒，还有我的小提琴，这些我都没有了。"你是个骗子……"话还没说完，妈妈就重重扇了我一耳光。牙齿咬住了舌头，疼得我说不出话。

34

我从家里出来，开始在街上狂奔。街上人太多了，我不想被挤来挤去。我钻到巷子里，穿着阿尔基德给我买的鞋子，有点挤脚，我脚后跟生疼。我往前跑，一刻也不回头。平民广场传来了音乐。天黑了，彩灯都亮了，五颜六色的彩灯挂在墙上、窗户上，连成了一片。整个城市像星星一样，在夜空中闪闪发光。要是我走丢了，那该多好，可每条街道、每个巷子，甚至每个大门，我都再熟悉不过了。我跟着彩灯，从费古内拉小巷跑到蒙特卡瓦里奥大街，从斯佩兰泽拉大街又跑到托莱多大街，然后拐进三国王小巷，跑到了圣玛利亚教堂门口。那儿还有圣女显灵椅，我和托马西诺来过好多回，但从来没进去过，我们只站在门口听别人讲故事。

可故事只有一个。城里城外的，有钱没钱的，很多女人都会来这个教堂求子。她们要么跟着母亲，要么跟着家里的女眷：姐姐、嫂子、婆婆或其他人，她们都希望能生一个孩子。我想，有人有很多孩子，有人一个也没有。妈妈穷得都要吃不上饭了，可我哥哥却出生了，接着是我，但我们都没有父亲。而那些贵妇人，穿着漂亮衣服和锃亮的皮鞋，她们什么都有，也有丈夫，就是没有孩子。要是真像老桑德拉说的，假如世界公道的话，应该只让那些养得起的人生孩子。

已经很晚了，教堂外面还排着好多女人。一个老修女走到我跟前，她脸色苍白，皮肤皱巴巴的。我以为她要赶我走，可她拉住我，把我带到了一个房间里，我闻到浓浓的肉汤味。她叫我跟其他小孩一块儿坐到桌子旁边去。"吃吧。"老修女跟我说。原来她把我当成讨饭的孤儿了。老实说，今晚我和那些小孩一样，没有父亲，也没有母亲。我把肉汤喝了，面包、番茄和苹果也吃了。我们吃完饭，老修女就到别的房间去了。她坐在一张凳子上，坐在那些求子的女人的对面。老修女拉着她们的手，另一只手在她们的肚皮上比画了几下，小孩子都是从那里出来的。大家跟着老修女祈祷，向她道过谢，然后都走了。

从教堂出来，天更黑了，路上连人影子都没有。只有零星几个人在街上晃悠，往梅格丽纳大街走，他们要去听歌，看烟花。

德尔娜这时在做什么呢？我不知道。我想了想，她或许正在走路，四周静悄悄的，只听得见聒噪的蝉鸣；或者正在布置餐桌，准备吃饭；或者她刚和车间里的女工碰了头，要去罗莎家吃晚饭；罗莎家里灯火通明，盘子里装满了饭菜。我把手又进裤兜，摸了摸德尔娜的信，心里感到一阵难过。我穿过巷子就到罗马大街了，街上空空荡荡的。我站在那里，听见远处的音乐、叫喊和歌声全混在一块儿，像断了弦的乐器，要是阿尔基德能来校音，那该多好。突然我身后噼里啪啦一阵响，我的腿都吓软了。又是大轰炸！上一回有好多炸弹从天上掉下来，炸得城里火光冲天，那些噼里啪啦响的都是飞机扔下来的炸弹，那可不是什么烟花。我撒腿就跑，可鞋子挤得脚生疼。我停下脚步，回头往后看。

原来，节日游行开始了。彩车正朝我这个方向驶来，大家都跟在后面。彩车很大，把周围照得透亮。我痴痴看着，彩车像火车进站似的，越来越近，越来越大。我终于看清楚了，排在最前面的彩车就是火车的模样，车头和车厢都有，好多小孩坐在车厢里，边喊边挥手。我明白了，这是委员会请人做的"火车"，上面那些小朋友，像我们却又不是我们。那个火车也一样，像真的，却又不是真的。一切全都是假的，我再也不要听信别人的谎话了。我背过身，脱掉了鞋子，往勒缇费洛大道跑去。

35

火车站里的火车是真的，和我上次坐的一模一样，只是车厢里没有小孩。站台上，谁也不说话，也没人跑来跑去。有拉着行李箱的男人，也有全家人出行的，当然还有我。烟花噼里啪啦的声音和彩车上放的音乐已经听不见了，这个点儿出发的人，可没有心思庆祝。

穿制服的检票员走过来了，我问他这个火车到底开不开。他说："当然要开啊，难道火车摆在这儿好看吗？"他问我这么晚在这里干什么。我回答说，我要跟爸爸妈妈、哥哥路易吉去博洛尼亚找舅妈，他们派我来打听打听是不是这趟火车。检票员脱了帽子，用衣袖擦擦汗。"那你可得当心了。"他说，"晚上坏人多，我还是带你到妈妈那儿去吧。"

刚好，我看见站台尽头有个女人。"她就在那儿。"说完我假装跑了过去，等我停下来往回看，检票员已经走开了。

阿尔基德给我买的鞋子已经太小了，但我还是穿上了。我站在那个太太旁边，她不是我妈妈。车门开了，我们一道上了火车，她去找自己的座位了，而我在车厢里走来走去。我不知道坐哪儿，我怕刚才那个检票员或其他检票员发现我，把我赶下火车。那个太太带了两个小孩，男孩子年龄不大，女孩就更小了，还躺在婴儿车里。她儿子困得睁不开眼睛，把头靠在妈妈的大腿上睡着了。我坐在他们对面，靠着窗户，玻璃很滑，冰冰的，凉意在脸上散开，很舒服。等明天到了，我就可以睡在德尔娜身边了，听她给我讲故事，说车间女工的事情。我们可以唱歌，还可以去海边，但这一次我绝对不会走远，不会让海水把我拉下去了。这一次绝对不会了。

那两个小孩的妈妈坐在我对面，她从包里掏出粉色的毛线球，她在织一个披肩，正好搭在睡着的儿子身上。我想起了妈妈给我的旧缝纫盒，还藏在老桑德拉家里呢。说不准她们正到处找我，城里、海边都找遍了，就是找不到我。站长吹哨了，我一下站起来望向了窗外。

"你一个人去哪里呀？"那个太太问，"离家出走了吗？"

我本想跟她实话实说，然后下车回家，可我的家在哪儿呢？

火车缓缓开动了，我再也看不到德尔娜的信了，也见不到写着名字的琴盒，还有我的小提琴了。要是真能到博洛尼亚，也许我还能有个新小提琴。

我坐了下来，打算编个谎话。我想起教堂里的那些孤儿，我说："我妈妈死了。"

我羞得舌头都快打结了，但我没改口。我继续跟那位太太讲，我要去找我阿姨，她住在摩德纳。我把兜里的信掏出来，给她瞧了一眼。"上帝啊，可怜的孩子。"她噙着泪说。

她相信了我的话。虽然我不是第一次撒谎，可这次不一样，这次我撒得很好，连自己都快信了。我有点儿害怕，怕谎话会变成真的。她安慰我说："可怜的孩子，都会好起来的。"她捧着我的脸，可我羞得脸都红了，向后缩了一下。

没多久，困意就把难过赶跑了。我把脚抬起来，放在那个太太旁边的空位上，我的眼皮越来越沉，不一会儿我就睡着了。

梦里，我和托马西诺在圣赛维罗礼拜堂捉迷藏，为了不被他抓住，我藏在能看见血管和骨头的人体标本中间。我躲在那儿偷偷笑，心里打着小算盘，等托马西诺来了，看到我在那些木乃伊的中间，一定会吓一跳。托马西诺在教堂里找了我好久，也没能找到我。我藏得太好了，他压根儿就没看见我。我还躲在那儿，旁边就是人骨架，那些雕塑也像活人一样。我大喊："我在这儿，我在这儿！"可不管怎么喊都无济于事。

我惊叫一声醒了，我望向窗外，没有月亮，也没有星星，只有黑漆漆的一片。坐在对面的太太问我："孩子，怎么了？别怕，只是个噩梦。快来，到我这儿来。"

我靠在她身边坐下了。她儿子睡得很沉，这个女士把垫在儿子头下面的手抽了出来，给我擦了擦汗，理了理头发。

"睡吧，孩子。什么也别想了。没事儿，我在你身边呢。"

她往旁边挪了挪，给我腾了点位置。现在我们是三个人了：她和怀里的儿子，再加上我。她又掏出毛线球开始织，披肩越来越长，也搭在了我肩膀上。她儿子睡得可真香，要是困意也来找我，让我的眼皮发沉，赶走我脑袋里的所有想法，那我就可以好好睡一觉了。可不知道为什么，我一点儿也不困了。

第四章

1994 年

36

你是昨晚走的。你做了热那亚肉酱面，准备第二天吃，你把洗干净的菜板、汤勺和平底锅放在沥水架上晾干。你脱掉围裙，叠得整整齐齐的，搭在厨房的椅子上。你换好睡衣，解开头发，我记得你不喜欢扎着头发睡觉，你的头发还很黑。你关了灯躺在床上。热那亚肉酱面要放一放，到第二天才好吃。你总说热那亚肉酱面要放一下。然后你睡下了，再也没醒来。

今天早上天还没亮，我的手机就响了，手机响到第三声，我接了，听到了那个消息。我意识到，这么多年来这都是我一直忧虑的事情，就像一个魔咒。我哭不出声，只是想，啊！魔咒应验了。我说："好，好，知道了。我赶最早的飞机。"挂掉电话，我出门了。现在你走了，一个人在孤孤单单的夜里离开了，从今往后，任何电话声都不会让我害怕。

我一手提着行李，一手提着琴盒下了飞机，热浪迎面而来。摆渡大巴慢悠悠地把我放到了到达口，我穿过长长的走廊，自动门打开了，门外面果然没人接我。我往机场出口走，喇叭里响起工作人员的声音，催促到摩纳哥的旅客该登机了。走出机场，好些西班牙游客围上来，想打听消息。我假装听不明白，免得跟他们解释我也是异乡人。我觉得很热，鞋子也不舒服，鞋子是新买的，总把脚后跟磨出水泡。身上的浅色亚麻西装，从下飞机离开冷气以后，就被汗水打湿了，贴在身上。

我找了辆出租车，跟司机说我要去平民广场。司机伸出手想帮我把行李和小提琴都放到后备厢。"小提琴不用，"我说，"我自己拿。"

我靠在窗边，看着沿途的风景：楼房、商店和马路都很陌生。其实这些年我回来过几次，匆匆忙忙办完该办的事，跟你打声招呼就走了。我从来没有踏入你的家门，你担心我会羞愧，也没有坚持。所以我们每次都在托莱多大街见面，我记得以前那条路叫罗马大街。我会带你到外面去吃饭，我订的都是可以看见大海的餐馆，你很喜欢。可你很害怕海水，因为对你来说，大海很肮脏，只能带来潮气和腥臭。你总说："大海没有什么用。"最早，阿戈斯迪诺也会跟着你来，那时他还小，听你的话，等长大些，就学会找借口了。他总说："我还有事儿呢。"不过我觉得这样也好。你想叫我和弟弟多亲近，可我们怎么亲近呢？

在出租车里，我把头枕在椅背上，闭上了眼睛。我浑身都是汗，衣服也湿透了，紧紧地贴在身上，脚后跟不舒服，磨出的水泡弄得我生疼。

车子行驶在一条又长又窄的小路上，司机盯着后视镜打量了我几眼。"您是音乐家吧？"他问。"不，我是演员。"我撒了个谎。但我带着小提琴，我又补了一句："我演的角色是个小提琴手，我带着小提琴，想找找感觉，进入角色。"

　　我叫司机停在广场上，下了车，我要自己走过去。太阳炙烤着街道，从那条街道拐一下，可以进入你住的巷子，那是一条上坡路，没有太阳。我停了下来，因为我还没准备好，也许永远无法做好准备。我没有眼泪，我从兜里掏出手绢擦擦额头上的汗，迈步走进了巷子。

37

　　沿着巷子往上走，并没更闷热，反倒感觉有些凉快了，那是底层的房子涌出的凉气。巷子两侧是低矮破败的老楼，中间拉着绳索，晾着要晒的衣物，在路上投下影子，倒是可以挡一下太阳。人们都盯着我，就像我是一个异乡人。尽管是上坡，鞋子磨得我生疼，我还是加快步子，避开周围狐疑的目光。眼前的人是你每天都会遇到的，你会和他们打招呼，但我不想听见他们说话。那些人声、喧闹和嘈杂，在小时候就封闭在了我耳朵里，还一直在那里，总是同样的调子，从来没有变过。巷子里的人说话像唱歌。为了避免肢体接触，我把手插在兜里，顺便检查一下钱包和证件还在不在。听说，街上的有些孩子组成了小黑帮，他们抢游客钱财，还打人。仔细想想，如果留在这个城市，也许我也会成为他们的一分子。那些孩子在这个城市里快速长大，却永远也无法成熟。

　　站在你门口，我心跳加速，双手冰冷。经过这么多年后，我回到那不勒斯，感觉到的并不仅仅是激动，或者说伤痛。我知道你躺在这所房子里，躺在曾经属于我们的床上，你披散着依然乌黑的头发。我只是觉得恐惧：脏乱、贫穷和困顿都让我感到恐惧；我担心自己是一个冒名顶替者，过着原本不属于自己的生活。随着时间的流逝，这种恐惧在脑海里的某个角落隐藏起来了，但它没有消失，只是在等待时机，比如现在我面对紧闭的房门，那种恐惧又一下占据了我。你什么也不怕，你总是昂首挺胸。你跟我说："恐惧是不存在的，只是幻象而已。"我重复了一遍这句话，但我始终无法相信这一点。

有只大灰猫从一道大门里钻了出来，走到我脚边，闻了闻鞋子。它是胡同里的"奶酪球"吗？我给它喂过干面包和牛奶，你却粗暴地把它撵走。记忆并不可靠，这只猫不是"奶酪球"，它现在生气了，毛都立起来了，喷了两口气，跑开了。我伸手握住门把，有些犹豫，不知道下一步应该怎么办，也许转身离开会更好。

这时候，有个橘色的皮球从路边滚来，在石板路上跳动，撞在我膝盖上，弹了回去，最后滚到摩托车下面，卡住了。有个小孩在后面追着，要把皮球捡回去，我指了指那辆停在你对面的摩托车，示意他皮球在那儿。他弯下腰把皮球找了出来，抱在手里，冲我笑笑，自顾自地玩去了。这个男孩毛衣已经褪色，牛仔裤也破了洞，鞋带没系好。他看起来挺高兴的，或许我小时候也这样，但那已经是很久以前的事了。那个小孩的身影消失在巷子尽头，很多年前那些记忆的碎片，我总想把它们与现实拼在一起。忽然间，过去和现在在我眼前融合在一起。

　　我看见有个小孩从巷子里走出来，红头发，嘴里缺了一颗牙，那颗牙被小老鼠用一小块奶酪换去了。男孩的膝盖上青一块紫一块，到处都是伤疤。那是十一月，天气开始冷起来，我们走在一起，你走在前面，我紧紧跟在后面。

38

　　我轻轻敲了敲门，没人应。我试着推了一把，门开了，光从遮光板的缝隙射进来，桌椅、小厨房、左手边的洗手间和房间深处的小床都映入眼帘。不用走动，就能把你住的地方一眼看尽。一切都是老样子：铺了草垫的椅子、六边形瓷砖、栗色的旧木桌；电视机上搭着你自己做的布垫，旁边放了个收音机，是我送给你的生日礼物；床上套着白色的罩子，是外婆用钩针钩的；衣架上挂着你的碎花衬衫，而你却不在了。

　　炉子上有口锅，里面放着你做的热那亚肉酱面。整个房间弥漫着洋葱的味道，好像在极力证明：你还想这样生活下去，明天你还会坐在这里，坐在原来的位子上吃掉这些面条。

　　没走几步，我就走完了整个房子，像你的生活一样，很容易概括。可能任何人的生活总结起来都不难。坏了鞋尖的拖鞋、修头发的剪子和你常照的镜子，你的面孔每天都在变老。我突然觉得，把你仅有的东西留在这里，无人看管，那是不应该的事。窗台上有盆罗勒，泥还湿漉漉的。浴室长杆上挂了你的袜子，右脚那只大拇指的位置已经缝过好多次了。你在酒瓶里灌了红色、黄色和蓝色的水，放在橱柜里，说是"为了装饰"。

我想挽救所有一切，带走所有东西，就好像这栋房子正在下陷。抽屉柜上有把指甲剪，旁边放了你的牛骨梳。我伸手摸了摸，拿起来看了一眼，把梳子装进裤兜，过了一会儿，又掏出来放回原位。我像个小偷，钻进你的房子，窥探你的隐私。我敞开房门，让阳光都照进来，昏暗的屋子明亮了许多。走之前，我回到厨房，在脑海里重现了昨天的一切。你先去了巷子对面的肉铺买肉，你说，拜托，要嫩一点的；然后去街角的蔬果摊买了洋葱、胡萝卜和芹菜。回到家，你把长长的干面条掰断，放在了瓷碗里；油滋滋地响，不一会儿，洋葱熟了，你在肉里加了勺红酒，去掉了腥味；在锅里焖很长时间，肉也烂了，其他东西也煮得烂熟。水开了，面条渐渐变软，变得有弹性。

我看了看时间，该吃午饭了。我想这份面是你专门为我做的，在等着我来。我揭开锅盖，拿起叉子，我要实现你最后的愿望。

吃完面，我把锅洗干净，摆在沥水架上，关好门，按原路往大街上走。踩着黑色的石板路发出的声音，头顶上晾的衣服滴下的水，房子的旁边停着的摩托车像沉睡的马儿一样，天气太热了，挨家挨户的门窗都朝马路敞开着，从这里走过，很难不窥探到人们的生活。

这时，有个我不认识的女人从屋里走了出来，头发乌黑顺滑，看起来还算年轻，脸上已经有了生活磨炼的痕迹。她伸手挡住太阳，眯着眼睛对我说："您是安东妮耶塔太太的大儿子吧？那个拉小提琴的音乐家……愿她安息！"

"不，"我回答说，"我是她外甥。"我不想和巷子有任何瓜葛，这里的生活会吞噬一切。我也不喜欢面前的陌生人，提到你的名字时像提到一个死者。她跟着我走了几步，大声喊道："天气太热了，他们早上抬走的。明白吗？电视里说天气还会更热，房间太小了，不可能一直放在那儿……您有听我说话吗？啊？"我转过头，指着耳朵，扯了个谎："我有只听不见。""啊，对不起，"她半信半疑地看着我说，"葬礼是明天早上八点半，在圣玛利亚教堂。"说完她狐疑地盯着我，打量了一番，回屋了。进了屋，她还不忘扯着嗓子跟我喊："您跟她儿子讲讲吧！"老实说，她这么做是出于对你的尊重，而不是对你儿子的关切。你在这里生活了一辈子，你儿子逃走了，这么多年都不来看你。

我没有直接拐到托莱多大街，我想找凉快点儿的地方走，就在巷子里绕来绕去。我迷路了，最后走到了一个到处都是神龛的地方，里面有还愿的花和蜡烛，周围是一张张黝黑的脸，沙哑的声音，歪歪扭扭的牙齿。无意间，我来到了圣玛利亚教堂，那晚教堂的修女给了我肉汤和上面放了油拌番茄的面包。你的邻居告诉我，明天这里就会举办你的葬礼。我没有进去，只是装出祷告的样子，在门口站了几分钟。我曾经从这里逃走，现在我回来了，可这次你却走了，连招呼也没打，永远不会回来了。

39

　　穿过大广场，我来到沿海路上，这里有城里最好的酒店。有几家我已经住过了，你还跟我开玩笑说，狗尾巴草长大了，现在有钱了。我本想给你买套房子，那种普通的住房，有楼梯、阳台和内部电话。可你总说："我不要，我可不想搬家。到处乱跑的人是你，我是留在原地的人。你弟弟阿戈斯迪诺和他老婆住在沃梅洛，求了我好多年，叫我搬过去一块儿住。他现在阔多啦……你真应该到他家去看看，崭新的家具，窗外还有漂亮的景色！"

　　你不肯来米兰到我家看看，也不肯到摩德纳来。我在摩德纳和德尔娜、阿尔基德、罗莎生活的那些年，你一直没有来；后来我读了音乐学院，你也不肯来看我。可能你害怕坐火车？我从来没有问过你，也没有机会问了。我一直觉得，即便相隔遥远，我们也牵挂着彼此，不知道你是不是也这么想。

　　我到了那家最奢华的大饭店前面。推开玻璃门，冷气迎面而来，我身上的汗一下就消了。我问前台还有没有房间。

他问我："您有预定吗？""没有。"我回答说。前台一脸担忧地看着我说："先生，恐怕没有空房了。"这个前台戴着金丝眼镜，头发不多，全梳到后面，发蜡抹得倒不少。他语气凝重，好像口袋里揣的不是旅馆套房的钥匙，而是通往天国的钥匙。不过，对他而言可能都一样。

"我女儿昨天晚上生了孩子，我是来看小外孙的。"我编了个故事，塞给他一把小费，拜托他给我开个房间。

"明白了，先生，竭诚为您服务。"他示意穿制服的行李员帮我把行李和小提琴提上去。

"小提琴不用。"我说，"我自己拿。"大堂经理站在前台，稍微弯了一下腰，他皱着眉头，眼睛从眼镜上面看着我。"您要住几天？"他笑着问。我手心朝下，伸出两只胳膊，意思是我现在也不知道。他看了看，应了一声。

"先生，我给您找了一间舒适的客房，而且面朝大海。"他把钥匙递给我说，"恭喜您！"我把证件拿给他，他冲我笑了笑。"本韦努迪先生，我待会儿让人给您送上去。"他捏着我的身份证说。

那个年轻的行李员陪我上楼，他帮我打开房门，问我满不满意。我道过谢，给了他些小费。我把琴盒放在床上，绕着房间转了一圈，打开了阳台门。我站在三楼的阳台上，前面是楼下公路上升起的热气，背后是房间里空调的冷气。我累了，那是一种遥远的疲惫，就好像我是一步步走回这个城市的。从我坐火车逃走那天开始，这么多年以来的一切都压在了我肩头。我脱掉外套，卷起衬衫袖子，从琴盒里取出小提琴。我站在狭小的阳台上，望着蔚蓝的大海，在城市的尽头是蓝色的地平线。海湾像一个温暖的怀抱，让我懊悔自己没有能拥抱你，妈妈。那晚我说你是个骗子，我跑到了车站。也许从那时起，我们就背叛了彼此，再也不理解对方了。

那晚我躺在别人妈妈的怀里，我跟她说你死了，只剩下我一个人了。到早上检票员来查票时，她说，我和另外两个小孩都是她的孩子。她给我买了到摩德纳的车票，陪我在站台上等，我坐上车离开了，我的小手在班车后面向她挥手道别，她才离开。

罗莎打开门，看见是我，眼泪一下子就流了出来。她简直不敢相信我自己悄悄跑了回去，谁也没告诉。德尔娜也来了，她赶紧给玛达莱娜打电话。她说，你一定很担心，一定找遍了所有街区。我想起了你放在床头柜上的照片，那是我没来得及认识的哥哥。其实我也没来得及认识我的父亲，还有你的爸爸和妈妈——我的外公外婆。你只有我，可惜我是狗尾巴草，不是一个好孩子。没过几天，你寄来一封信，我不知道你有没有生气。你在信里说，如果大家愿意收留我，我就可以留下，否则马上滚回家。我最后选择留在了北方。

40

我待在饭店的房间里，空调温度开到最低了。我什么也没做，只是等着时间过去，等着第二天的到来。刚刚午后，街上传来的叫喊就打破了宁静："卡迈！"我探头去看，有五个男孩在饭店门口走来走去。最大的不过十二岁的样子，最小的可能七八岁。他们跟在游客后面，想讨点儿钱，搞点恶作剧。个头最小的孩子头发乌黑，他抬头看见我了。我避开他的目光，身子往回一缩，关上了阳台门，想把所有声音通通赶出去，可他们说的方言已经钻进了我的脑袋。以前我在街上一玩就是好几个小时，到了晚上回家，才会回到你跟前。

小提琴放在床上，我拿起来拉了段曲子，想把那些声音压下去。几个小孩的嗓门虽然不大，却都传进了我的耳朵，童年的记忆全涌了出来。最先是孩子刺耳的声音，根据不同的年龄，他们的声音像小提琴、中音提琴和大提琴；接着是沉闷的女低音，其实和男声没什么两样，仿佛在为我们的生活打节拍；最后是男人的声音，像木制乐器，听起来有些沙哑，是短笛、单簧管和长笛的声音。

市场上的叫卖声，老楼门口的男人的聊天声，还有街边小孩的打闹，渐渐地，一阵遥远的喊声从记忆深处传来：

"亚美利哥，亚美利！快下去，快点儿，去帕乔琪亚那儿要两里拉来……"

妈妈，那是你的声音。

41

　　我在房间里待了一下午，想等外面凉快些再出去。我没给德尔娜打电话。老实说我没给任何人打电话。这样我就觉得你还活着，游离在死亡之外，至少在别人的意识中是这样。

　　太阳落山了，我穿好鞋子，下楼走到街上。我不知道自己饿不饿，我回到你住的街区，寻着飘出窗外的饭菜香，找了家小餐馆。餐馆像没有窗户的地下室，里面摆了四张小桌子，街边有三张桌子，还有几张凳子。老板热情地招呼我，好像专门在等我，他穿着T恤和白色的长裤，让我坐在街边一张桌子前，桌上铺有白色的纸桌布，摆了有缺口的杯子。他递给我油乎乎的菜单，上面是手写的今日特色菜。我惊讶地看着老板，以为他认得我，可我很快就发现，他招待其他人也这样热情，不过是为了招揽生意罢了。我点了奶酪土豆面，你以前常把软软的奶酪和土豆一起做，说这样才有味道。我抿了口红酒，开始吃面。第一口下去，通心粉的味道瞬间在味蕾上散开，上面有奶酪融化的味道。你总说，小口吃，别噎着，不然可没人带我去医院。不过我喜欢大口大口吃，嘴里全是土豆甜甜的味道，还混着奶酪的咸味，等吃完了，嘴巴上也会残留着那种味道。

我胃口很好，按理来说，明天就是你的葬礼了，这样的胃口实在有些不正常。我抓着叉子把盘里剩下的全吃光了。饥饿是魔鬼，它根本不在乎什么是教养，什么是感情。我擦了擦嘴，叫老板结账。老板直接在白纸桌布上竖着写了串数字，算好了总价。几千里拉，挺便宜的，我留了笔小费给老板，打了招呼正准备走。没走几步我又回来了。"你们有苹果吗？"我问。"什么，先生？""有皇冠苹果吗？"我有点尴尬，小声问。他示意我等一下，钻进那个半地下室的屋子，没两分钟，就拿着一个小小的红苹果出来了，像颗红心。

"我应该付多少钱？"

"不用了，先生，这个送您！我不卖苹果。现在的人都不买皇冠苹果了。他们光捡大的，什么味道都没有。这个苹果送给你，只有懂的人才知道它的甜。"

"好吧……谢谢。"我把苹果揣到兜里说。

"慢走，先生。"老板打了招呼，转身走了。

苹果躺在兜里，胀鼓鼓的，陪着我回旅馆。就像以前去博洛尼亚那天，我坐在火车上，你也给了我一个苹果。你把我交给玛达莱娜·克里斯库洛，不知道她现在怎样？那时她年轻漂亮，现在一定上了岁数，时间的印记也落在了我身上。

我把你送的苹果放在德尔娜家的书桌上，它一点点变瘪。我不想吃掉它，我想把所有关于你的记忆都刻在脑子里，直到有一天，苹果不见了。现在同样的事情又发生了：我听凭时间飞逝而去，现在一切都晚了。

42

外面阳光很刺眼，教堂里却格外昏暗，还很闷热，充斥着难闻的潮味。外面下着太阳雨。你躺在木棺里，摆在教堂里两个侧殿的中间。木棺下安了金属架，装了滚轮，方便移动。

除了潮味，我还闻到了焚香的味道。一个穿着白色祭祀服的小孩摇晃手里的香炉，灰蒙蒙的烟气在空中徐徐飘散。神甫进来了，每个人都站了起来。闷热、霉味和教堂里的黑暗，让我觉得喘不过气。我不知道为什么，或许因为我知道你就躺在木棺里。

我跪在祷告凳上，大家一定以为我在做祷告。神甫开口说话了，我什么也没听。你没带我来过教堂，你并不乐意信奉上帝、圣母和圣徒。阿尔基德也是，他从来不和神父说话。我的眼睛逐渐适应了教堂里的昏暗，每张脸的轮廓逐渐变得清晰。第一排坐了几个穿着黑色衣服、盘着头发的女人，其中有个白发老妇辫子盘在头顶，如同戴着花冠，真像个年老的女童。第二排有个老头单独坐着，他梳着大背头，头发斑白，伸到衣领里了。他一直在眨眼睛，仿佛在给我使眼色。我的目光在他身上多停了几秒：他深蓝色的眼睛流露着些许疲惫，却掩盖不了年轻时的风采。教堂里每个人都神色凝重，脸色苍白，像漂白过似的。你没有亲戚，你只有我，后来才有了阿戈斯迪诺，找了一圈，我没看到他，过去这么多年，也许我已经认不出他了。葬礼来的人不多，穿的却都是好鞋子，有几双稍微旧点儿，不过也还行，可以得一分半吧。

神甫讲话时，让我觉得他认识你，和你很熟。也许这是真的，也许你老了，经常去教堂：每周日做弥撒，向神甫忏悔，到教堂领圣餐，和巷子里的女人诵读《玫瑰经》。也许他比我了解你。也许在场的，只有我最不了解你。神甫说你是个好女人，你已经升入天国，跟着天使和圣徒一起接受上帝的恩泽。虽然我并不是教徒，但我觉得你根本不在乎什么天使和圣徒，能不能进天堂也无所谓。你住在低矮的老楼里，听街头巷尾的闲谈，你在那里生活得很好。你准备了第二天的热那亚肉酱面，并没打算跟着圣徒一起接受上帝的恩泽。但死亡阴险狡诈，也很霸道，它会把人们从他们的日常中、他们的恶习和确信的事情中抓出来。为了躲避死亡，我们煞费苦心，到头来却发现都是白费力气：你做好第二天的热那亚肉酱面，以为可以摆脱死神的追捕；我逃到另一座城市，企图改变命运，但这都无济于事；我觉得音乐是一种庇护，可以让我高枕无忧，到头来却发现不过是妄想。世上哪有什么避难所，死神会找到每个人。我回来了，也许就会死在这儿了，因为恐惧、闷热或心中的伤痛。

我想呐喊，却发不出声音，倘若真能大叫，那我定会痛哭流涕。神甫叫大家坐下，大家就坐了下来，叫大家站起来，大家就站起来。我想起勒缇费洛大道上驯猴的老头了。神甫邀请我们领圣餐，很多人都去排队了，那个老是挤眼睛的长发男人还坐在座位上。我盯着教堂里的一幅画像，那是一个濒死的圣女，她脸色苍白，但嘴唇红润，这哪里是垂死的样子，反倒像个美丽少女，正要参加节日的聚会。我不敢到教堂前看你，极力想象你和画中的女人一样，头发梳得整整齐齐，平静而祥和地躺在木棺里。大家都在排队领圣餐，我起身径直走向圣坛。我取出小提琴，站在角落面对布道台拉了首曲子。弓在琴弦上滑动，甜美的音乐在教堂里回响，琴声时而低沉，时而悠扬，有几段不像母亲失去儿子痛苦的低吟，倒是像欢快的颂歌。你从来都没听过我拉琴，这是佩尔戈莱西《圣母悼歌》中的曲子。

我拉了几分钟琴，左手按弦，右手拉弓。音乐结束时，教堂里只能听见淅淅沥沥的雨声。神甫沉默不语，其他人都回到了座位上。你一动不动躺在栗色的木棺里，我想把目光挪开，却又落在了你身上。那一刻我特别想走出教堂，也不回饭店拿行李，径直离开这儿。就好像我还没回来，你还在站台上等我。

神甫说，弥撒结束了，大家可以安心回家了。然而什么是安心？什么是家？有个短头发的老妇人站在木棺前，沉默了良久，最后左手举向空中。我走到你身边，她看着我，微笑了一下。我摸了摸你的木棺，坚硬而粗糙，我把手缩回来，放进了裤兜。身后的人纷纷向木棺鞠躬，跟你道别，转身离开了。有四个男人，包括刚才眨眼睛的那个，把你的木棺扛在肩膀上。

雨停了，地面湿漉漉的。我闻到泥土的味道和蔬菜腐烂的味道，那个短头发女人张开双臂，朝我走过来。她身后的黑发男孩是帮助神父做弥撒的那个孩子，刚才我见过，现在他脱了祭祀服，也没抱着香炉。"快来，卡迈，别害羞。"女人跟小男孩说，"这个叔叔跟你一个姓，也叫斯佩兰萨……"我不知道她想要说什么，我打断了她说："太太，您搞错了，我姓本韦努迪。"说完我急匆匆地走了，没几步，就听见她叫我的名字。她跟上来，两只手都搭在我肩上。我好像认得她身后的小孩，是昨天早上饭店楼下那群小混混中的一个。他瞪着我，好像一切都是我的错。都是因为我，才会有教堂的葬礼、潮味、四个陌生人抬走你的木棺？当然可能只是我这么想，他根本没这个意思。他只是个悲伤的孩子，面对一个从未谋面的陌生男人。

"你坐火车来的。"老妇人继续讲话，就好像接着上面的话题。听声音，我知道她是谁了。我闭上嘴，没有答话，我不想反驳说我从来都不坐火车。车轮哐当哐当的声音，每一下都能激起我的痛苦，让我想起当年逃走的那个小孩。

"事情已经过去很多年了。"不等我开口，她又说，"那有什么办法呢？在我眼里，你们永远都是我的孩子，回到南方的，或留在北方的孩子，很多都经常来看我。"

她年轻时的模样，嘴巴、头发、眼睛和颧骨的形状，逐渐浮现在我脑海里，就好像经过一系列化学反应，照片上的图像显露出来了。我最先认出的还是她的声音，火车出发那天，她拿着话筒高声歌唱。我回来以后，她还责备我，问我为什么不给德尔娜回信。

　　雨又开始下了，稀稀疏疏的雨被热气裹住，还没落到地面就消失了。教堂前面的空地上，只剩下我们仨了。

43

在皮娜塞卡街上，摊位上的蔬菜和水果都好像在说话，看起来像一件艺术品，而不是小贩摆出来的。玛达莱娜牵着小孩走在前面，我慢慢跟在后面，像曾经的你和我。那时你总要说我走得慢，可那根本不是我的错。当然了，现在也不是我的错，鞋子穿着不舒服，每走一步，脚后跟磨出的水泡都很疼。玛达莱娜牵着小孩走得很快，隔会儿就要停下来等我。她很清楚要把我们带到哪里。不管是谁，我、黑色短发的小男孩、所有登上火车的孩子，都跟在她身后。

行人把我左推一下，右推一下，根本没法躲开，我也不躲了。刚才在教堂外面认出玛达莱娜时，我觉得她和以前一样高大强壮。然而来到她住的街区，在拥挤的人潮里穿梭，她却显得那么娇小羸弱，玛达莱娜老了。周围嘈杂不堪，空气有些浑浊，在喧闹声中，我下意识地把手放在耳朵上，想听清楚玛达莱娜的话："卡迈是你弟弟阿戈斯迪诺的儿子……"

我快十岁时，你跟我保证，你会来摩德纳送我一件生日礼物。你还说，我肯定猜不到是什么。罗莎、阿尔基德和我都很激动。你第一次坐火车来看我！那天早上，德尔娜接到电话，你说祝我生日快乐，但你来不了，医生让你好好休息，你得待在家里。你说："再过两三个月，你弟弟就出生了，你回来看看他吗？"我没回答，滚烫的泪水涌出眼睛，像发了高烧一样。

几个月后，你生了个男孩。你管他叫阿戈斯迪诺，说是和你父亲一个名字。阿戈斯迪诺姓斯佩兰萨，你的儿子都姓斯佩兰萨，都满载着"希望"。从那时候开始，我决定再也不回你那里去了。

我跟阿尔基德说，我想考音乐学院。于是他给了我买火车票的钱，送了我新外套，我要自己争取入学资格。那是一个秋天的早晨，塞拉菲尼老师陪我坐火车到了佩萨罗。窗外是浓雾，灰蒙蒙一片，把田野都裹住了，车轮有节奏地撞击铁轨，哐当哐当，正是这个声音，再一次把我送到了远方。

我们进入一间大厅里，深色的木地板嘎吱作响，大厅里有很多和我年纪相仿的孩子，他们坐在红色的丝绒椅上，塞拉菲尼老师叫我在那里等着。最后终于轮到我了，我打开琴盒，取出小提琴，左手按弦，右手拉弓，演奏了《圣母悼歌》的曲子。面试结束，我被录取了。我留在学校，成了寄读生。

44

　　玛达莱娜在我耳边轻声说，这男孩的父母惹上了官司。"所以呢?"我问。"他们在监狱里面。"她声音压得很低，生怕男孩听见。我站在马路中间，一辆载着三个男孩的白色摩托车跟我擦肩而过，撞到了我的胳膊。玛达莱娜牵着男孩消失在人群里，我慌忙跑了几步，往前赶去。等追上时，他们已经到了一栋楼前。"就这儿。"说完玛达莱娜把我们领到了三楼，门口的牌子上写着"克里斯库洛"，屋子很小，收拾得整整齐齐、干干净净。玛达莱娜说，看起来像临时住在这儿，可她在这儿生活三十多年，她不喜欢堆太多东西，只有一些最基本的。我想，她家里真是空荡荡的。

　　她让我们在厨房坐下，倒了两杯凉水，问我："你要不要汽水啊，我现在可以做。"

　　从那些被我遗忘的事情之中，那个我曾经用过的玻璃瓶忽然浮现了出来，在瓶子里灌满水，然后加上一些奇特的粉末，盖上瓶盖使劲摇一摇，汽水就制成了。相隔五十年，我又重复了同样的动作，我揭开瓶盖，把气泡水倒在杯子里。

"卡迈，"玛达莱娜说，"喜欢画画吗？"

男孩没说话。玛达莱娜递给他一张白纸和五六个彩色蜡笔。"给我画张像，好不好？画漂亮点儿，年轻点儿。你伯伯亚美利哥认识我时，我还很年轻。"玛达莱娜边说，边给卡迈塞了张黑白照片。我瞥了一眼，看见她年轻时的模样了。

卡迈有点犹豫，但还是动笔画了起来。我和玛达莱娜起身走到客厅，客厅不大，摆了张小桌子和两把扶手椅，没有电视，只有台收音机。我们面对面坐下了，我和玛达莱娜早已过了生命最好的年纪，如今我年过半百，而她已是黄昏迟暮。

"跟你一起坐火车的那些孩子，有一些我后来又见到了。他们在北方待了六个月，或者一年，甚至更长时间。那些孩子的妈妈找我帮忙，写信给那些接待他们的家庭，感谢他们像照顾自己的孩子一样照顾这些孩子。现在他们好多都保持着联系，每年暑假或寒假，都要聚一聚，虽然相隔遥远，但仍旧在互相扶持。"

墙上挂满了照片，有一张照片上全是小孩，男男女女都握着小小的三色旗。照片是黑白的，三色旗却是彩色的，白、红、绿显得格外鲜艳。还有一张是在博洛尼亚拍的，那些小孩坐了一夜火车，衣服皱巴巴的，满脸都是疲惫，其中几个傻乎乎地在笑。两个女人举着一个牌子，上面写着："我们是南方儿童，艾米利亚大区用团结和爱让我们明白：我们都是意大利人，不分南北。"老掉牙的话了，我想这些理想和希望早就过时了。

"我们帮了很多人，但根本就帮不完啊。"玛达莱娜说，"卡迈的父母进了监狱，他跟着奶奶过活，有时候堂·萨尔瓦多雷神甫也会照顾他。可他现在又是一个人了。"

"阿戈斯迪诺的事我完全不知道，他是什么时候进去的?"

"几个月前吧，你也别问其他的了。我和安东妮耶塔谈过，你弟弟的事，她也没跟我细讲。她总觉得阿戈斯迪诺是无辜的，整件事都跟他们无关，两口子是不小心被卷进去的。不过据我了解，他跟一些不走正道的人来往，赚了很多钱。他们的罪应该挺重的，所以法院不准他们回来参加母亲的葬礼。不过，他们进监狱之前，卡迈通常就一个人，还好有个奶奶……可现在，他估计要去救济院了。"

客厅门开着，我瞟了一眼那个孩子：他跪在板凳上，手肘搭在厨房桌子上。我想看他跟你长得像不像，跟阿戈斯迪诺像不像，那是留在你身边的好儿子。我看见他头发乌黑柔顺，和你一样。

"这孩子很听话的，只是现在有些迷茫……"玛达莱娜说，"你呢，结婚了吗? 有小孩吗?"

男孩重新拿了张纸，转过来看我。我们四目相对，过了几秒，我把头撇开了，继续研究墙上的照片。

"是呀，我结了婚。"我扯了个谎。玛达莱娜点点头笑了。我继续编故事说："两个孩子挺大了，都在学音乐。"说完我赶紧转移了话题，要对着玛达莱娜说谎可不容易。

"还记得托马西诺吧?"玛达莱娜问，顺手给我倒了杯自己泡的柠檬酒。

我仿佛看见一个留着黑色卷发的男孩从我的记忆里浮现出来，就像玛达莱娜挂在墙上的黑白照片。

"你们还有联系吗？"

"我和谁都没有联系了。"我说，"我连阿戈斯迪诺做过什么，为什么进监狱，他儿子多大，我母亲有心脏病，我都一概不知……"突然我意识到自己的声音越来越大，就闭嘴了，我耸耸肩，叹了口气。玛达莱娜不在乎已经发生的事，虽然她已经上了年纪，可她依然只看重未来，这一点她倒一直没变。"托马西诺现在也是事业有成。"玛达莱娜说，"在他北方爸爸的帮助下，他留在这里和家人一起生活，他也完成了学业，最后成了法官。"

"怎么可能？他以前在集市广场的小摊上偷苹果……"

"可能正因为如此，他做了儿童监护法官，还常常帮我的忙呢。我在几个城区当了很多年老师，那儿有的孩子，父母不是关在监狱就是逃走了……每次我需要人帮忙，或是有事儿找人商量时，我都会去找他。"

玛达莱娜脸上浮现了一丝忧愁，她也探头看了看厨房，端起杯子，呷了口小杯子里的柠檬酒，继续说。

"以前，做这些事情要简单一些，有组织，有党内的同志。现在什么也没了，要想做点对大家都好的事，就得一个人干，全靠自己。以前有党支部，可以把城区街上的孩子都召集起来，组织活动。现在只剩下神甫做这些事情了……我没说不好，其实他们做了很多好事儿。但这不是政策，这是慈善。我不知道我解释清楚了吗，这不一样。"

"时代不同了，什么都变了。"

"时代不同了，但有的东西应该保留下来。比如团结，你还记得吗？**团结**。"

"那个金发的党员呢？"我忽然想起来，说，"那会儿他还在追求你！"

"啊？你说圭多？他追求我？我们都是党内的同志啊，我们要考虑很多东西，没工夫考虑爱情。至少我没有想过……"

"也许你没有，可他不一定……我们出发的那个早上，我记得他看你的眼神。"

"可怜的圭多！"玛达莱娜叹了口气说，"他后来被组织开除了，这是一段令人伤心的往事。他去了别的城市，在大学里做了老师，不参与政治了。他后来变了，已经不是原来的他了，好像死了心。他对我的态度也变了，我们都很爱彼此，但不是你想的那样，我们希望彼此都能好好的，但我们之间的线也断了。"

玛达莱娜摇摇头，一撮白发滑了下来，落在了脸上。

"唉……说句实话吧，那时候，也并不是一切都好。以前觉得好，那是因为我才二十岁，热衷于追求理想。但也有一些糟糕的事情，有的人只关心自己，他们在很久之后才有了理想。"

两把扶手椅的中间，放着一张桌子。玛达莱娜伸出胳膊，拉住了我的手，她的手背和指头上已经有褐色的老年斑了。

"不过，这些事情你都亲身经历过，大家帮了你。你上了学，成了令人尊敬的音乐家。你有了发展的可能，成了一个对社会有用的人。你也清楚，有些事情很值得去做，尽管有时和理想有偏差，有很多不确定性，但那些可以做的事一定要去做。"

我把手抽了回来，沉默了。受人尊敬的音乐家，对社会有用的人。我不知道我是不是她说的那种人。

"玛达莱娜，我明白你说的意思。"过了一会儿，我才开口说，"相信我，听到你说这些，我真的很受用……但我有自己的生活，我已经五十多岁了。你自己没要孩子，你去照顾别的小孩，那是你的选择。我沉浸在音乐世界里。每个人都有自己的选择。况且这孩子有自己的父亲。我呢，我还得自己去找一个。"

玛达莱娜做了一个古怪的表情，在我记忆中，她以前没有过这样的神情。她说："不是所有事都有的选。有些是迫不得已，是别人给你选的……"

"现在你要跟我说这个吗? 玛达莱娜。我七岁时被送上火车。一方面是我母亲，另一方面是我想要的一切：一个家庭、一个房子、一个属于自己的小房间、热腾腾的饭菜和一把小提琴，还有一个可以让我跟他姓的男人。是的，我确实得到了帮助，但我觉得很耻辱。你说的没错，团结和帮助有时候也让人觉得苦涩，不管是施舍的人还是接受的人，都有一种苦味。最难的地方就在这儿。我一直想和别人一样，我总是希望他们忘记我从哪里来，为什么来。我曾经拥有很多，但我也付出巨大的代价，放弃了很多。你想想吧，我从来不跟别人讲我的故事。"

"我也从来不跟别人讲我的故事。"

玛达莱娜盯着我，看了好一会儿。不知道为什么，我想起了老桑德拉给我讲的故事，想起了小特蕾莎，她拿着手枪，每扣动一次扳机，全身都会颤抖一下。

"我十七岁时怀孕了。孩子的父亲跟我差不多大，他根本不想管。他们把我带到乡下，带到一个阿姨那儿了，直到把孩子生下来。我父亲很害怕，要是走漏了风声，党组织会把他开除的。我也没有选择，有天早上我一醒过来，奶水很胀，可我的孩子已经不在了。"

特蕾莎不能开枪了，身子也不抖了；玛达莱娜找不到她的女儿，眼里只有绝望。她的话很晚才传递到我的耳中，就好像经过了她的一生，从早上醒来发现孩子不见了，一直到现在，穿过了一生的时光。

玛达莱娜恢复了笑容，这是她多年的习惯，现在的她才是我熟悉的那个玛达莱娜。"团结的意义就在这儿，我不能为她做的事，我可以为其他孩子做。"

45

　　玛达莱娜把我送到门口，男孩两只手背在身后，也跟了过来。我尽力避开他的目光，玛达莱娜摸着自己的额头，向天上望了一眼说："这么重要的事儿，我差点儿忘了。"她叫我们在玄关那里等她几分钟。我太累了，想回旅馆休息，我脑袋里一直想着那个刚出生就被"偷走"的婴儿。

　　男孩站在我旁边，手从背后伸出来，叫我看他的画。第一张是年轻时的玛达莱娜。我盯着第二张看，他用粉色蜡笔画了一张脸，上面还有两个蓝色的小圆圈代表两个眼睛，头发的颜色偏红，最后画了一个向下噘着的嘴巴。"我画的是你。"他把画递给我说，"我画的是小时候的你……像吗？"

　　我拿着画，远近看了几遍，假装在认真仔细查看。"挺好的……我肩膀上为什么会有只鹦鹉？"

　　"什么鹦鹉？那是小提琴。奶奶说，你从小就有一把小提琴。"

　　我回想起来那天晚上，我翻遍床底也没找到那把小提琴。孩子望着我，好像在等我给他讲故事。小孩总想听故事，可我不会讲故事，我把画折起来装在兜里。"谢谢。"我说。他好像挺失望的，就好像送给了我一件重要的礼物，而我却没有任何回报。

"我知道你好多事呢。"他一脸狡黠地说，"都是奶奶跟我讲的。"

"奶奶跟你讲我的事？"

"她剪了好多报纸，都收起来啦。"

"不可能，她从来都没听过我拉琴。"

"我们在电视上看你呀。奶奶买了电视机，就是要看你。"

他看着我，想知道这番话会产生什么效果。

"你很出名吗？"

"如果我很出名的话，你会高兴吗？"

他瘪着嘴，耸了耸肩。我没懂他的意思。

"有机会，你可以教我吗？"

"教你什么？"

"教我怎么出名呀。"

"哦……好吧，再看吧……"

"这样我也能像你一样上电视。"

"玛达莱娜，我要走了……"

"找到了！"玛达莱娜从房间出来，把发黄的照片摆在桌子上说，"我就说嘛，你瞧！"

照片是在贫民收容所外面拍的：除了玛达莱娜，还有其他跟她年纪相仿的姑娘，那个金发小伙子和毛里奇奥同志也在，毛里奇奥同志后来做了市长。

他们身边围了一群小孩，有的跟着妈妈，有的没妈妈陪。玛达莱娜轻轻抚摸着照片上的每一张脸，也许大家改变了模样，都认不出来了。玛达莱娜的手很瘦，干干净净的，指甲剪得很短。她的手指在每个小孩脸上划过，像读书似的一排排往下看，最后目光停在了一个男孩身上。这个孩子头发很短，旁边站着他妈妈。妈妈颧骨很高，嘴唇很丰满，脸上没有一丝笑容，显得有些局促，不知道把手放在哪里，她一只手搭在了男孩的肩膀上。老实说，她的举动让男孩多少有些惊讶，他转过头看着妈妈。

　　我盯着照片里的自己，看了看照片上的你，我俩都在那儿，离别之前，茫然地望着彼此。

　　"拜托，去看看托马西诺吧。"下楼时，玛达莱娜站在门边跟我说。我终于可以下楼了，我转头看了她最后一眼，没答话。我知道以后没机会再见了，我有种奇怪的感觉，好像已经开始想念玛达莱娜了。那男孩从她身后探出头，一脸失落，就好像我是个不讲信用的人。他在期待什么？我又能给他什么？钱，礼物，时不时通个电话吗？他的目光让我浑身不自在，先前我背叛诺言的每一个瞬间，通通在我的脑海里浮现了出来，比起满足别人的希冀，逃跑才是更为简单的方法。

46

我沿着走过的路往回走。街边的小摊收了，街道仿佛宽敞了一倍。暑气消散了一些，微风拂过，送来了大海的气息，看不见，但我知道大海就在身边。

我不想回饭店，也不饿。我不知道我是不是在想你，我也不知道自己会怎么怀念你，我们习惯了彼此保持距离，很多次，我们都没有履行自己的约定。你把我送上火车，我们各自驶向了不同的远方，再也没有相遇。如今我们之间的距离已经无法逾越，我知道我再也见不到你了。我开始怀疑我们之间一直存在误解，我们的爱充满了误会。

街上空空荡荡的，安静得出奇。一声走调的号角从体育馆远远飘来，有人在放鞭炮。托莱多大街的店铺稀里哗啦下了卷帘门，大家神色匆忙，都赶着回家看当晚的球赛。我拐进小巷，一步一步往上走，半路上，我看到右手边有家鞋匠铺还开着。一个上了年纪的鞋匠坐在柜台后面，他不着急关门。他的店铺很小，堆满了要修的鞋子。我走进去问他能不能帮我修一修鞋子，我的鞋子穿上脚疼。他叫我坐在凳子上把鞋子脱了。于是我照办，脚上只剩下袜子。他挨个拿起鞋子，上下左右仔细查看了一遍，又看了看我的脚。我动动脚趾，它们像是囚禁在袜子里的野兽。他什么也没说，示意我等一会儿，转身到储藏室去了。没多久，他出来了，手里拿着一个木头鞋楦，用铁螺丝装了把手。我什么也没说，安安静静地坐着，就像等着鞋匠施展魔法。他把工具插进鞋子，转了几下把手，然后把鞋楦拿出来，放入另一只鞋子，做了同样的动作。最后他刷了刷，把锃亮的鞋子递给了我。"这样就好了？"我不禁问。他盯着我，什么也没说，等我试一试。我穿上鞋子前后走了几步，脚后跟不疼。真是难以置信。他刚才一言不发，现在总算开口了："脚各有各的形状，全都不一样。鞋子应该符合脚的形状，不然肯定磨脚。"

道了谢，我问他多少钱。"不用了。"他摆摆手说，"小事情。"然后转身进屋了。从鞋匠铺出来，我径直朝饭店方向走去，越走越快，要是有人看见我走路的样子，一定会以为我是一个无忧无虑的男人。

47

　　天没亮我就醒了，我在床上翻来覆去睡不着。下了床，我站在阳台上望着地平线，天边刚露出鱼肚白。我从来都不喜欢黎明：它总是和白夜、噩梦，还有早班机、紧急事件联系在一起。我经常坐早班机到达陌生的城市，对我而言，每座城市都是陌生的。

　　我在浴室里待了很长时间。洗完澡，我穿上浅色的衬衫和薄薄的长裤，我没有穿外套。我穿好鞋袜，今天早上我终于不用创可贴了。回到浴室，我照了照镜子，就好像第一次看见自己，深蓝色的眼睛还是以前的样子，不知道是从哪儿遗传的。也许从我那不见踪影的父亲身上？他一心想去美国，只给我留下一个名字就走了。你的眼睛是黑色的，头发和睫毛也是黑色的，柔顺而精致，像炭笔画出来的一样。小时候我就知道你很美，不是儿子眼中的那种美。我能感受到男人都喜欢你，我能看到那些男人投来的目光，听见他们充满暗示的言语。我出生时，你还很年轻。你父亲在前线战死了，母亲也在轰炸中身亡，你只能靠自己过活。为了生存，你做起了缝纫活，缝缝补补。尽管如此，你从不依赖任何人。你的男人只会丢下你的孩子。你又留给了我什么？我身上还有什么属于你？也许是你看待人生的方式，总是暗暗觉得生活会欺骗，或者是你的缄默。从小我就是个话匣子，现在我长大了，成熟了，年龄是你当年的两倍，变得像你一样少言寡语。孩童时代的天真烂漫，已经变成了一张冷漠的面具，我不再直爽，而是习惯于说谎。

饭店的早餐还没准备好，我打算到外面去吃，还有的是时间。我沿着海岸线走到平民广场，我觉得自己不是游客，但也不属于这个城市。我是一个离开的人，也许永远都会是这样。

在托莱多大街上，我找到了那家甜食店。这间店铺和我记忆中一样，橱窗里面摆了几个天蓝色的架子，点心师傅把甜食从烤箱里端出来，香草的味道，还有千层酥的香味一阵阵飘出来，整条街都能闻到。以前，我和托马西诺拿着帕乔琪亚给的零钱，跑到这儿来分享小小的快乐，我们当时觉得那是特别了不起的事儿。老实说，离开之前，有许多事情在我眼里都很了不起。

我坐在一张阳光照耀的餐桌前，享用着自己的甜点。此时此刻，我可以是任何人：会计、鞋匠或者医生，付过钱，我继续向前走。

负责未成年案件的法院建在城里的高地上，是一栋低矮的红房子，四周有灰白的栅栏围着。门卫是个小个子，脑袋上只剩下一撮头发，从左边梳到右边。我上前打听萨波里托法官的办公室在哪儿。"萨波里托法官吗?"门卫摸了摸光秃秃的头,重复了一遍法官的名字说,"他只接见有预约的客人,您有预约吗?"

"我不需要预约。"我用儿时的自负口吻说,"您就跟他报我的名字:亚美利哥。"

小个子男人本想撵我走,又怕我是个惹不起的人物,只好核实一下,半信半疑地拨通了内部电话。他报了我的名字,站在那儿愣了几秒。我可以想象,电话的那头托马西诺正在回忆我们俩当时的样子:我们个头小小的,头发颜色也跟现在不一样。"您可以上去了,在四楼。"门卫一脸诧异地说。我迈着轻快的步子往电梯走,小个子男人从门卫室探出头,想搞清楚我到底是谁。

托马西诺一打开门,我们就从彼此的眼睛里看到了岁月流逝的痕迹。无须把过去和现在联系起来,从我坐火车逃走的那天开始,到现在我们面对面站着,那是很长一段时间。发生的美好或丑陋的事情,都可以不用去管,我们的友谊原封不动。

办公室不大,但收拾得很整齐。他拿了些照片给我看,他给我看了他妻子还有两个孩子的照片,一儿一女,都快三十了。儿子学的法律,毕业以后发现自己更喜欢做菜,就在沃梅洛区开了家餐馆;女儿是老师,现在已经当妈妈了。比起任何其他消息,托马西诺成为外公的事最让我震惊,我不得不重新思忖岁月把我们拉开了多远的距离。我看见托马西诺小外孙女的照片,我才恍然大悟:时间切断了我们之间的联系，我们的生活已经截然不同了。

托马西诺的头发还是卷卷的，他梳了个背头，没什么白发。我们都五十来岁，可我觉得自己比他老得更快，更显老。

"卡迈这孩子，吃了不少苦。我倒不是说他和我们一样，他的情况不同。唉，要是还有那些我们坐过的火车，就太好了……"

在托马西诺眼里，我们的过去算不上耻辱，他为那个堆满文件的小房间感到骄傲。我看着自己的双手，我手上的茧子，我突然觉得我是一个没有长大的成年人。

"亚美利，考虑下吧。现在你是他唯一的亲人了。"

我沉默了，不想答话，我甚至不清楚他到底在问什么。托马西诺盯着我，表情跟卡迈似的。我从玛达莱娜家出来，卡迈满脸失望，好像我曾经许下诺言，最后却没有兑现。可我根本没承诺过什么，相比于作出承诺，我更喜欢一个人自由自在。我避开托马西诺的目光，我开始打量他的办公室：书柜靠在墙边，架子上的书摆得整整齐齐；扶手椅应该用了很多年，都拓出背部的轮廓；浅色的木质办公桌上面摆了很多照片。除开孩子的照片，他父母——阿尔米达太太和乔亚奇诺先生的照片，我还看到那个北方大胡子爸爸和妈妈。大胡子爸爸已经头发花白，北方的妈妈也长了很多皱纹，可看起来依然很健硕。好吧，我有答案了。答案就在眼前。

48

到了晚上，我没有回饭店，而是在你住的城区转悠，我要跟这些巷子做最后的道别。前几天，这些巷子让我沉重压抑，现在我反倒觉得有些亲切了。我仍然对过去充满恐惧，但我在寻找着过去的记忆。

今夜的小巷静悄悄，仿佛整座城市只有我一个人。快走到巷尾了，我看见有栋低矮破败的老楼，门口摆了两张凳子，窗户开着，电视机的蓝光在黑暗中闪闪发亮。那是老桑德拉以前住的房子。

我在屋外站了一会儿，好像等待着她从门里出来。以前，老桑德拉总穿着围裙，咧着嘴笑嘻嘻地从房子里钻出来。这时屋里传来一个男人的声音："您在找人吗？"

有个老头探出身子，稀疏的头发已经灰白，扎了根小辫子，搭在衣领上。"您找谁？"

"没有，没有……不好意思，打扰了，晚安。"

我正要走，男人手里夹了根烟，拖着步子从黑洞洞的房子里出来了。他的眼睛是深蓝色的，浓密的眉毛乱糟糟的。

他盯着我看，眨巴了几下眼睛。我退回来了，来到他面前，才发现他是我在教堂里看到的那个老人。"这里以前住的不是老桑德拉吗？"我问。

"愿她安息……"男人叼着烟深吸了一口，望着天空说，"她走了已经四年了。"然后掰着手指数了数，吐出许多小小的烟圈，都在空中消散了。男人接着说："戈尔巴乔夫死了没多久，她也跟着走了……"

"戈尔巴乔夫还活着……"

"不，先生，老桑德拉坚定地跟我说，戈尔巴乔夫已经死了，共产主义也死了。后来没过几天，她就走了……"

我搞不明白他是在和我开玩笑，还是在说真的。他用独特的方式吸了几口烟，继续说："我老婆也走了，我成了鳏夫。本来我和女儿一起住，家里还有她丈夫和三个孩子，两个女孩、一个男孩。老桑德拉没有亲戚，她都走几个月了，也没人来收房子，我就搬过来了……您是她外甥吗？"老头担心地问，生怕房子没了。

"别担心，我什么都不要。"

"那您是记者？我看您很脸熟……"

"不，我是做须后水广告的。"

男人不说话了，有规律地眨巴着眼，盯着我看。他重新点了根烟，吐出许多烟圈来。我终于明白了。"您是'大铁头'吧。"我说。男人靠在门框上，没有回答，只是跟我讲："进来吧……"有那么几秒，他没有眨眼睛，我发现他深蓝色的眼睛和过去一模一样。我有些犹豫，探着头，站在门槛上往屋内瞥，屋内的东西看得清清楚楚：墙纸和原来差不多，角落已经发黄，地上铺了灰色的砖，大小不是很规则。扫了一眼，我想起来，洗手间口的墙角下还埋着我的宝贝。

"您这么热情，我就不客气了。"我说，男人站在角落又点了根烟，"我想找一件属于我的东西。可以吗？"

他环顾四周，摊了摊手，好像在说："我这儿能有什么让您感兴趣的东西？"我脱掉外套，搭在餐桌旁边的椅子上，跪了下来，在厕所外面的砖块上摸来摸去。虽然已经过去了那么多年，我趴在地上，又找到了那种熟悉的感觉。以前我经常在马路上，趴在地上玩儿，你总是会责备我说：亚美利，快起来。

我伸手轻轻拂过砖块，指头上沾满了灰尘。我又摸了摸，感受每块砖头不同的边缘，终于我找到磨损最严重的那块了。先是轻轻往外抠，砖头纹丝不动，我接着用力，还是不动。男人盯着我眨巴眼，那是他无法控制的。我感觉他正在研究我，也可能只是担心自家的地砖。砖头松了，我往后倒去，我手上拿着那个砖头，地上露出了个洞。

"您怎么会认识我？"老头问我。

我眼前浮现了以前你藏在床底下的东西，我每天捡破布交给你。你把破布洗得干干净净，拾掇拾掇，拿给"大铁头"摆在小摊上卖。你和他关在屋子里干活，总是会把我撵出去。

"我小时候在市场上也摆过摊。"我回答说。

老头不说话了，我不知道他是因为我弄坏了地砖而生气，还是好奇下面究竟有什么，那说不准是传说中老桑德拉的金钱呢。或者他像我一样，顺着记忆，在我苍老的脸庞上寻觅那个红发小孩的影子。

我把手伸到洞里，掏出个铁皮盒子，棱边已经生锈，表面布满灰尘，可以隐约看见铁皮是天蓝色的，上面还能看到某个饼干的牌子。我没吃到饼干，这个盒子是帕洛内托街上的一个卖肉食的人送给你的，你用来装针线。后来有一天，"大铁头"送给你一个很专业的缝纫盒，是木头做的，总共有三层，分了很多格子，能放五颜六色的线团和不同型号的针，每层都用金属铰链接在一起，可以从上面打开。多漂亮的盒子！我在勒缇费洛大道的报刊亭那里看过一本科幻漫画，里面有个宇宙飞船跟你的盒子很像。你把饼干盒送给我了，你从来没送过我礼物，对我而言，这个颜色像糖纸的盒子太珍贵了。我把它藏得好好的，不肯拿出来跟别人玩，就连托马西诺也没见过。除了我，只有老桑德拉看过，我们决定把所有想保留的东西都放在里面，就像放在一个保险箱里。她跟我说，她有一个秘密的藏宝地点，这样我的宝贝才能在洞里躺这么多年。要不是"大铁头"允许我进屋，它们可能永远会留在那里了，比老桑德拉和我存得更久。这个盒子就像所有中断的事情一样，我们想要放到第二天再去拿，可我们不知道第二天已经没有了，跟你做的热那亚肉酱面一样。

我和"大铁头"静静地看着这个盒子，我们都不慌不忙。时间过得很慢，好像忽然间舒服了，就像前几天我的鞋子突然合脚了，时间的紧迫感也消失了。我把铁皮盒子放在栗色的富美家高压板桌子上，用指甲抠住盒沿的缝隙，咔哒一声揭开了盖子。尘封的记忆跟着盒子里的宝贝，一样样被我拿了出来。

　　缠了绳子的木质陀螺，尖是金属的……
　　"亚美利，把陀螺收起来，交给我！"

　　美国啤酒的瓶塞，是黑人大兵送我的……
　　"你叫什么名字，小孩？你叫什么名字？"

　　干面包片，是我和托马西诺从帕乔琪亚那儿偷的……
　　"小鬼！连面包都要偷吗！你们是耗子吗！"

　　除了几节绳子，还有法西斯少年队胸针、鹦鹉羽毛、半截蜡烛以及核桃做的小船，小船中间插着帆。这些东西，我捡到时就已经又旧又破了，也不知道是从哪个犄角旮旯掏来的，都是我儿时的玩具。

　　接着我翻出了几张对折过两回的纸，四个角都泛黄了脱落了，我小心翼翼地打开，生怕弄碎了。第一张是从报纸上剪下来的，已经完全褪色了，上面有个陌生男人的照片，个子高高的，一头卷发。以前我想象他的头发是红色的，因为下面写了几个大字："美国人吉吉诺。"好吧，美国的吉吉诺，我把这张图存了起来，想象他是我父亲。

"大铁头"紧紧盯着我发掘出来的东西，突然咚的一声跪在了地上，他那么消瘦，我以为骨头碎了。我俩挨得很近，我以为他要抚摸我。可他趴下来，伸长了胳膊往洞里探，耳朵都要贴在砖块上了。他费力地哼哧着，想把洞里所有东西都掏出来。他以为洞里真有老桑德拉的宝贝：首饰、珠宝甚至黄金。但什么也没有，宝藏已经被我全拿出来了。

"您绝对不是做须后水广告的。"说完，他向我投来了挑衅的目光。我站起来，把盒子夹在腋下，跟他打了声招呼，出了门。"你有空就来找我。"他已经不用"您"了，好像忽然觉得自己高我一辈，"我可以跟你讲很多事。"听到这话时，我已经走在巷子里了。"大铁头"关好门，我站在离窗户几步远的地方。昏暗中，我看见他一个人在那里，以为我已经离开，他冲着天花板吐了几口烟圈，重新趴在地上，伸手往洞里摸索。我往门口走了几步，发现信箱上挂了个白色的牌子，上面用笔写着：路易吉·亚美利奥。在我们这座城市，很多人会用外号过一辈子，就算去世了，讣告上也写着外号，否则谁也不认得。以前我不知道"大铁头"的名字，现在知道了，他叫路易吉·亚美利奥。

"大铁头"的名和姓含着你两个儿子的名字：路易吉和亚美利哥。也许我们的名字是从他那儿来的，只是我们一直不知道罢了。

49

"玛达莱娜跟我说，你也姓斯佩兰萨。"

"我姓本韦努迪，我被人收养了。"

"现在我也要被收养了吗？"

卡迈在我身边蹦蹦跳跳，小嘴不停，一直在问东问西。你以前跟我讲，我从小也很活泼，总是爱问很多问题。不过你是怎么说的来着？噢，我想起来了：我是上帝对你的惩罚！

"我妈妈说，走在路上，要牵着大人的手。"卡迈伸手过来，想拉住我。

"我们在人行道上走，又没车。"

卡迈想了一下，摇摇头，不太相信我说的话。今天早些时候，玛达莱娜打电话到我住的饭店，说有事情要办，让我带卡迈出去走走。我就知道这是她设的圈套。玛达莱娜很固执，认定的事情必须按她的想法办，她不允许任何人落下。我还记得，我们坐在博洛尼亚火车站的大厅里，所有小孩都被接走了，只剩下我，谁也不愿意牵我的手把我带回家，我当时非常羞愧。

"听说你小时候还有个妈妈，是真的吗？"

我们走到了人行道的尽头。

"是我爸爸跟我讲的，奶奶不愿跟我讲这些事。"绿灯亮了，卡迈接着说，"好羡慕你呀！有时候我也想再要个妈妈。"说完几颗泪珠从眼角滚了下来。他伸手拉着我，跟我一起过马路。

我拉着他的手，软软的，有些冰凉。他紧紧拉着我，一边过马路，一边抬起一条胳膊在脸上蹭了蹭，把眼泪擦掉了。

过了马路，我们又走在人行道上，卡迈丝毫没有松手的意思。我想起了德尔娜的味道，我俩在站台上等班车，准备回摩德纳，她把我裹在大衣里。这么多年以来，我右手唯一擅长的就是握着琴弓，但它也能给人带来宽慰和力量，我有些恐慌，这么强大的力量，我还不懂得运用。原本紧紧牵着卡迈的手，突然有些发软，就像它许下了一个无法实现的诺言。

"今天太热了，还是不要去动物园了。我送你回玛达莱娜家吧。"

"我们下次再去吗？"

我没答话，我想到了回米兰的飞机，还有后面音乐会的安排。

"等你下次来，会有一个大大的惊喜！"

我把卡迈送到玛达莱娜家大门口，我就自己回去了。一路上，我一直在回味卡迈软绵绵的小手握在我手里的感觉。

50

这次到未成年人法院，门卫立刻放我进去了。他喊我"学士"，要明白，在这座城市里，学位并不是大学里的称呼，而是对别人的尊称。"学士，您请。"他说，"萨波里托法官正在等您。"他跑到前面，帮我按了电梯。

托马西诺关上办公室的门，坐在椅子上，我也跟着坐下了。

"我是来道别的。"

托马西诺往后抹了抹头发，就好像头发还是他七岁时的样子，卷卷的头发乱蓬蓬的，需要用手理一理。"这倒新鲜！上次你一声不吭就跑了。"

有人敲门，门卫探头进来问："法官先生，来杯咖啡吗？"在我们这座城市，咖啡不只是饮品，更是一种热情的表示。托马西诺摆摆手，把门卫打发走了。

我盯着他书桌上的照片，问："你还记不记得我们给耗子涂颜料的事儿？"

托马西诺原本严肃的脸上，露出了笑容："这事儿怎么可能忘了啊？"

"坐火车离开之前，我觉得一切都可以做，包括把耗子当仓鼠卖。回来以后，我简直不敢相信竟然有这种事，就像魔法消失了。这儿什么也没有了，只有我母亲，其他的都留在北方了。我喜欢留在北方的那部分，我最后成了现在的我：一个小提琴手，音乐家本韦努迪先生。"

我顿了顿，不知道怎么往下讲，但后来那些话像是自然冒出来的，并不是我斟词酌句说的："但另一个我也留了下来，就是和卡迈一个姓的那个男孩。"

我不知道托马西诺到底有没有听明白。他的生活和我不同，根本不用做选择，他办公桌上摆着所有人的照片。

"他可以跟我一起走。"我想一口气全讲完，"你也说了，我是他唯一的亲戚。等这边一切都搞清楚了，家里安顿好了，他可以再回来……"

"你能这样想，我真的很高兴，可是……"

"我知道，确实有点复杂。我一个人住，还经常出差，但我总能为他做点什么吧。我得到了很多，却从来没有为别人做过什么。"

托马西诺张开嘴，想说点什么，却欲言又止。

"当然，我也不是说他以后就一直跟着我。只是这几个月，我们可以一起先过去，之后的事儿就再说……"

"亚美利，没必要了。他母亲出来了。"

"啊？"

"他母亲昨天已经回家了。"

228

"无罪释放了吗?"

"这倒没有。法院考虑到她儿子还小,给她减了刑,判了在家软禁。"

"阿戈斯迪诺呢?"

"没宣判。还在调查取证,过段时间才知道,反正罪名不轻。"

"贩毒?"

托马西诺有点儿难过,好像我们做错了什么,我和他都有责任。

"那孩子呢? 可以放心不管了?"

"他母亲……"

我脑子有点乱。我真搞不懂,为什么每次都赶不上做正确的事? 卡迈的母亲回来了,本来是个好消息,可我怎么也高兴不起来。

"我想和这个女人谈谈,让她打电话给我,我可以帮他们。你有地址吗?"

托马西诺摇摇头,没明白我的意思。几天前我还什么也不想知道,不想管,现在态度却一百八十度大转弯。我的手向卡迈许下了诺言,它开始计划未来了,这有点像陷入恋爱的人。

办公桌上有沓文件,托马西诺从里面抽出一页,翻到一页黄纸,找到了电话号码和家庭住址。

我和托马西诺道别时,我总觉得我俩明天还要再见,就像以前一样。"等一下!"刚要出办公室门,托马西诺就喊住了我，"我想给你一样东西。"说完，他在办公桌的抽屉里翻来翻去，摸出一张对折了两回的画纸，接着说："你来找我以后，我想起了很多事，就把这个找出来了……"

托马西诺展开泛黄的画纸，三张小孩的脸出现在眼前，是彩色铅笔画的：一个金发小女孩、一个红发男孩和一个黑发小子。

"是我们走的那天，那个年轻小伙子给我们画的。"我想了想说。

"是你的了，送给你吧。上面有日期和签名，是毛里奇奥同志画的，你还记得他吗？"

我什么也没说，把画重新折了起来。我低头盯着鞋尖，仍旧诧异脚后跟竟然不疼了。我往门口慢慢挪步，窗外一阵阵风刮过，吹动着树梢，那是大海方向吹来的风，要变天了。

51

深色的门板上，有块铜牌，上面写着：A.斯佩兰萨。
我的名字简写也是"A"，这可以是我的名字、我的房子和
人生，但这是阿戈斯迪诺的家，是他的人生。我不知道，他
的生活和我相比，更好或者更差。在你眼里，我们是狗尾巴
草和庄稼。我站在门口，没有敲门，仿佛看见了另一个亚美
利哥，几十年以来，他都留在生他养他的城市。我看见他在
大街小巷乱窜，和我现在一样，也不一样，他有完全不同的
人生。他会比我胖，比我头发少，肤色更黑，嘴角的笑容更
多。他身边一定有个女人，头发乌黑，胸脯丰满。他成了手
艺人，或者工人。他听了你的话，在玛丽的鞋匠爸爸那儿做
学徒，长大以后开了家鞋匠铺，给鞋子上底，修得和新的一
样，让鞋子合脚，因为他明白穿不属于自己的鞋子是什么感
受。或者他会自己做新鞋，拿出去卖。生意也许不好，也许
很好，可能越做越大，特别成功，他会把鞋子卖到国外，卖
到了美国。最后把你也带到美国去玩儿，更重要的是，他会
照顾你。

有个门铃，但我没按。我用手关节轻轻地敲了几下。"谁啊？"屋内传来女人的声音。"我是亚美利哥。我们没见过，我是来跟孩子告别的。"

门后有人说话，是女人在问她儿子，也许卡迈在另一个房间看电视。最后没动静了，我又敲了几下。门开了条缝，刚好能看见那女人消瘦的脸，她眼睛是栗色的，头发是金色的，刘海搭在额头上。"抱歉，"我弟媳开口了，"您不能进来，老实说，我不能让任何人进来。阿戈斯迪诺跟我提到过您。"

"还是用'你'来称呼吧。"我往门缝里瞥了一眼说。

"我叫罗莎莉亚。"她从门缝伸了只手出来，"要是你能带卡迈出去走走，那就太感谢了，我不能出门。"

卡迈从门缝挤出来，拉着我的手，大喊："伯伯！"他看见我遵守了自己的诺言，非常高兴。

"我们大概一个多小时后就回来，你别担心。"

"我一点儿也不担心。"她正要关门，想了想说，"你也不用担心什么。"她看起来还很年轻，但脸色憔悴，有黑眼圈，可能最近才有的吧。她说："阿戈斯迪诺是个好人，他们肯定搞错了。我们都是好人。"

"当然。"我有些尴尬地说，"我知道。"

"不，你根本就不知道。"她把门开大了些说。她一只手搭在门框上，指甲剪得很干净，手指修长，简直像弹钢琴的手。她说："你从来都不在乎我们。"

她把脸贴过来，对我说，生怕卡迈听到了。我发现她的

232

眼睛不是栗色的，而是深绿色的。

"罗莎莉亚，对不起。"我懊悔不已，好像这话不只是说给她听的，也是说给你的，妈妈。

"有什么好道歉的呢？"她语气变了，没了刚才的愠怒，反倒有些忧伤，"没什么好道歉的。阿戈斯迪诺回来以后，我叫他打电话给你吧，他也误会你了。"说到这儿，她露出了一丝笑容。"卡迈很喜欢你。"说完，没等我答话，她就把门关了。

"我们走吧？"卡迈问。

我们踏上住宅区的林荫小道，仿佛置身于另一座城市。路上的人的脸色是另一种颜色，好像没有那么沧桑，他们的声音也低沉一些，空气也清新可人。"你一直住这儿吗？"我问卡迈。"不是，很小的时候，我们都住奶奶家。但我不记得了，是他们告诉我的。现在我也经常待在奶奶家，睡觉、玩儿都在那里，有时候我也到教堂去帮萨尔瓦多雷神甫做弥撒……"

"你还和其他小朋友到街上捣蛋吧……"

"妈妈总是很烦躁。"

"以前我妈妈也是。"

"才不是呢。奶奶总是很高兴！"

我带着卡迈往公园走，心想爱总是充满误解。"吃冰淇淋吗？"卡迈摇摇头。

"不喜欢吗？"

"只是现在不想吃。"

"那你想什么呢?"

"想奶奶了。"

"我也是。"

一路上,我们没再说话了。到了公园门口,卡迈停下脚步,拉拉我的手说:"你又要走了,是不是?"

"明天走。"我没法撒谎,"但我很快就会回来。"

"那我们马上去吧!"

"去干吗?"

"这是一个秘密!奶奶给你准备了一个惊喜。她跟我说,你回来以后,我们一起打开。可现在……"

卡迈难过地笑了笑。他缺了颗门牙,也许被小老鼠用奶酪换走了。

"不知道还算不算惊喜……"

"去看看吧。"我说。

我们爬上小山,又坐了缆车,好不容易才回到你住的街区。低矮破败的老楼,一栋挨着一栋,挤在最繁华的几条街道中间,距离广场没几步,广场上有一座剧院。胡同里喧嚣嘈杂,我仿佛听见了过去的闲谈,唱歌似的声音在城区上空回荡。"晚上好,安东妮耶塔太太!""可算忙完了,帕乔琪亚太太!""小孩儿怎么样啊?""疯长呢,像野草一样……""生意怎么样啊?""生意?您什么意思啊?""您可得问'大铁头'啊……""简直胡说八道!""您丈夫还会来吗?"当然要回来啊。""我得回去了,安东妮耶塔太太。""晚安,帕乔太太!"

到你住的地方门口，我牵起卡迈的手，轻轻捏了捏。门开着，但谁也没来过，东西保留原样，我和卡迈一道走进去，心里一阵难过。卡迈把我拉到床边说："就在下面。"我有点糊涂。卡迈又说："惊喜呀，就在床下。"

我弯下身子往床下看，以前那里都放着"大铁头"的货物。卡迈咬着嘴唇，激动得有些发抖，我也一样。我伸手探进去，摸到了它。

"这是奶奶找了很久才找到的。她说，这个东西应该回到你身边。"

琴盒沾了灰，我揭开盖子，发现小提琴比我记忆中的要小，像个玩具。我像是重新得到了一份礼物，这次是你送给我的。琴盒里的丝带还在，虽然已经褪色了，但仍能看见我的名字绣在上面：亚美利哥·斯佩兰萨。

"你看？你也姓斯佩兰萨。"

我摸了摸琴弦，恍惚之间我看见了阿尔基德，他抱着用彩纸包好的琴盒作为生日礼物送给我，还有塞拉菲尼老师在阿尔基德的小店里给我上课。我练了又练，手指越来越灵活，刺耳的声音渐渐变成了动听的音乐，我还记得当时的兴奋。

"你很幸福。"卡迈说。他没有问我幸不幸福，他要求我幸福。

52

　　我带了花到墓地来看你，过去很多年了，这是我们头一回独处。我试着做祷告，却发觉我之前没有祈祷过，这不是可以即兴的事儿。我想跟你说说话，我想跟你讲几件重要的事，可大脑一片空白。我生气了那么多年，现在连生气的缘由都忘了。

　　天空有些沉闷，阴晴不定。零星的几个人在墓碑之间穿梭，找寻已逝的故人，他们带来了新的花束，给长明灯添了油。我把花摆在你的墓前，没有点小油灯，因为你不喜欢开着灯睡觉。花迟早会枯萎，明天或后天，但这都不重要，重要的是我的思念永远不会凋零。分隔两地的岁月如同一段爱的哀歌，我演奏的每个音符都是为了你。我没有别的话要讲了，关于我父亲、阿戈斯迪诺、我们的分离和沉默，我已经不需要答案了，所有疑问都留在我心间，和我做伴。我什么也没解决，不过都无所谓了。

　　我在墓碑前又站了一会儿，直到腿麻了，我觉得我该走了，我向你道别。我们没有说的话，再也不能讲了。这么多年了，我只记得在几百公里外的站台上，你站在那里，把我的外套紧紧抱在胸前，我只知道你在等我，从没离开。

53

天气突然变冷了，六月的天气却冷得和十一月似的。昨晚下雨了，是一场铺天盖地的暴雨，不过今早出了点儿太阳，苍白的日光照在云里，天空上像铺了一层灰色的缎子。气温骤降，好像秋天忽然来了。路边好多人都在说，天气太异常了，冷得受不了，他们不得不从衣柜里把放起来的外套都找出来。

加里波第火车站挤满了人。以前，我和托马西诺经常来这儿看火车离站，那时车站好像比现在要大两倍。我记得火车出站和入站的大喇叭通知，那些旅客把巨大的行李包挂在肩上，走向站台。我抬头看了看灯光照亮的时刻表，看了一下站台号，拖着步子慢慢走到站台。上一次站在这里时，周围非常黑。我和你吵了架，我把节日的歌声和辉煌的灯火通通甩在身后，光着脚跑到了这里。从那以后，我就尽可能避开火车站，因为回忆会让我很痛苦。但昨天我去旅行社把机票退了，换成了火车票，我要重温多年前的那趟旅行。

冷风刮过站台，等车的人都拉紧了衣服。我穿了件亚麻外套，也感到一阵寒意。

落雨了，刚到这里时，我脸上全是汗，现在要走了，脸上又都是雨水。我不觉得难过，我很清楚，灿烂的阳光和蓝天白云，那只有那不勒斯民歌里才有。雨滴滴答答地落在身上，让我不用去想过去的时光。

我看了看手表，最后一次转身往站台方向张望，目光在人群中来回穿梭，我叹了口气。火车进站了，发出有些刺耳的吱扭声，停在站台旁边。我慢慢登上小台阶，走进了车厢。检过票，我找到了自己的座位，但我没坐下，仍旧站着，眼睛直勾勾地盯着站台上的长椅，好像在等人。坐在我对面的是个金发女人，穿着一条上面有小红花的裙子。我帮她把行李放在架子上，她笑眯眯地跟我道谢。这时候我看到他们来了，他们在站台上狂奔，起风了，他们的头发都被风吹乱了。我连拍了几下窗户，好让他们知道我在这儿。他们在车厢外停了下来，离我只有几米远。火车嘶鸣，但门还开着，我赶紧跑了下去。卡迈一看见我，就松开玛达莱娜的手向我跑过来。"大巴来晚了，路上还堵车。"他气喘吁吁地说。我蹲了下来，紧紧抱了抱他说："等我回来，我想看见你在这儿等我，好吗？"

"当然啦，伯伯。"卡迈说，"我和爸爸一起来。"

火车呜呜地鸣笛，这是最后一次了，我回到车厢，把身子探出窗外，想牵卡迈的手，但没够着。你帮我找回来的

239

小提琴，我送给卡迈了，大小刚好合适，说不定他也会产生兴趣。卡迈可以留在这里拉琴，不用逃走，用自己的一切去换取一个梦想。门关了，火车开动了。铁轨在车轮下轻轻晃动，玛达莱娜和卡迈的身影渐渐变小了。

城市被甩在身后，火车慢慢往远方开动，速度越来越快。雨点落在车窗上，留下一道道水珠，雨也下大了。

我在座位上，窗外的房屋、草木和云朵，箭也似的飞过。

那个穿着碎花裙子的女士坐在我对面，她掏出书本读了起来。她时不时抬头看我一眼，最后指着我行李旁边的琴盒，笑着问我："您是音乐家吗？我特别喜欢交响乐。"

"我是小提琴手。"

"来开音乐会吗？"

"不，我是来和家人见面的。我现在生活在别的地方，但这儿是我的故乡。"我回答说，那一瞬间我惊讶地发现，讲真话竟然这么简单。

她伸手过来，做了自我介绍。握着她的手，我微笑着说："幸会，我叫亚美利哥。"随后又补充了一句："姓斯佩兰萨。"

车厢里感觉还不错，不冷也不热。火车静静向前行驶，四周的声音仿佛轻语，让人放松。前面还有很长时间，我一点儿也不着急，最漫长的旅途，我已经经历过了。我一直往回走，最终会来到你身边，妈妈。

我的小提琴躺在行李架上，坐在对面的女人在认真地看书。我们偶尔也会四目相对。突然我觉得很累，我把头枕在靠垫上，像个心满意足的孩子，闭上眼睛甜甜地睡去。